「理央が後ろだけで達する時の顔は本当に気持ちよさそうで、見ているこっちはゾクゾクする」
(本文より抜粋)

DARIA BUNKO

ウワサの王子様♥

高月まつり

illustration ❋ こうじま奈月

イラストレーション❋こうじま奈月

CONTENTS

ウワサの王子様♥ 9

あとがき 22

この作品はフィクションです。
実在の人物・団体・事件などに一切関係ありません。

ウワサの王子様♥

ヨーロッパの小国オーデンは、すばらしい自然と遺跡《いせき》、旨《うま》い料理で、世界中から観光客を集めている。亡《な》きヘンリー王の娘であるマリ女王が即位《そくい》してから開設したプライベート・バンクは、国内外の高額所得者たちに利用されるようになった。

マリ女王は、オーデン人の国王と日本人観光客だった母の間に生まれた。

そんな彼女には弟が一人いる。

オーデン国では、第一子でない王子が昔からやたらと反乱を起こし、とにかく国民から嫌われていた。

そんな中、「オマケの王子様」と言われていた可哀相《かわいそう》な王子は、持ち前の前向きな性格と、素晴らしい側近《そっきん》たちに助けられ、国民の支持を得ることができた。

マリ女王の弟であるリオ殿下は父の領土の一部を受け継ぎ、大学を卒業した今は、シルヴァンサー大公として公務に勤《いそ》しんでいた。

オーデン大学を卒業した理央《りお》は、王族代々の伝統であるイギリス留学をしなかった。

理央の「この世界的不況の中、税金で留学するのは如何《いかが》なものか」という一言に、女王や首相は「それもそうだ」と頷《うなず》いてくれた。

キャスリン皇太后だけは「伝統なんだけど……」と、最後までごねていたが、税金を有効に使うということで王室の好感度がアップしたので黙った。


そんなこんなで理央は、王室男子の責務《せきむ》である「外交」をしつつ、フランス語の勉強に熱を入れていた。いや、入れられていた。

「……英語は、発音はともかく……英語で喧嘩《けんか》が出来るようになった。言っておくがたとえだ。喧嘩などしていない。それくらい堪能《たんのう》になったと思ってくれ。だから、ウォーリック少佐」

オーデン国の「元」オマケの王子様で今はシルヴァンサー大公リオ・ジョエル・ハワード殿下二十三歳は、教育係にして恋人のルシエル・ヴァート・ウォーリックを、彼が属する空軍の階級で呼んだ。

居城《きょじょう》であるシルヴァンサー城の一室を執務室《しつむしつ》とした理央は、重厚《じゅうこう》なデスクに頬杖《ほおづえ》をついて、自分の向かいに立って本日のスケジュールを読み上げているルシエルを見上げる。

「何か不都合がおありか？　殿下」

「わざわざ日本語で言わなくていい」

するとルシエルは、目を見開いて驚きを露《あら》わにした。

「ほほう」

「友達とのチャットだって、英語を使ってるじゃないか。……はっ！　あれで英語が上達したのかもっ！」

理央の言う「友達」とは、慈善《じぜん》パーティーを開催した際にルシエルに紹介され、大騒動の末に友情を深めた、各国の坊ちゃんたちのことだ。

イギリス貴族のリチャード・ダイヤー、有名ブランドトップの息子であるフランス人のオリヴィエ・ルナン、アメリカのホテル王の息子ジョーンシー・スミス、ドイツ大使の息子ハインリヒ・ヴァルファックス。そして……亡き父と親交の深かった中東カトゥール国国王の息子、ハミード・スディリ・アル＝ムダファーラ。

一堂に会する場はなかなか設《もう》けられないが、ワールドワイドウェブの世界では、パスワード付きのチャットルームでおしゃべりができる。

「今頃お気づきになられたか。あれは私の、作戦のたまもの」

ルシエルが、してやったりの表情で笑う。

柔らかなプラチナブロンドにすみれ色の瞳を持つ美しい男が、そういう笑《え》みを見せると、昔の日本のアニメによくある「美形の悪役・敵役《かたきやく》」になる。

理央は、オーデンで放映されている日本アニメを思い出した。

「チャットもよろしいですが、あまりにばかげた会話をするのは如何なものかと」

「は？」

「リチャードから、毎回ログが送られてきます」

冷静なルシエルと違い、理央の顔がだんだん強《こわ》ばっていく。

「だからか……。リチャードにはつまらないだろうという話題でも、彼は毎回チャットに参加してた。書き込みが殆《ほとん》どなかったのは、そういうわけか。酷《ひど》いじゃないか」

「いや、彼の名誉のために言わせていただくが、リチャードはあれで結構楽しんでいた。特に、料理の話題がお気に入りだそうだ」

つまり、話の輪には入らないが、読んでいて楽しかったと。

理央の表情が一気に緩《ゆる》む。

「そういえばリチャードは、俺の料理を絶賛していたっけ……。そしてイギリスは、食に対して無頓着《むとんちゃく》な国だった」

「昔よりは、かなり改善されました」

「俺、イギリス料理を食べたことないしなあ。日本にいた頃は、イギリスと言ったら紅茶とスコーン以外は食べられた物ではないっていうのが常識だったし」

理央は、ヨーロッパ旅行をした友人の言葉を思い出す。

ルシエルは苦笑を浮かべて軽く頷いた。

そのとき、大公執務室の扉が乱暴に開かれた。

ノックもせずに、転《ころ》がり込むように部屋に入ってきたのは王室執務室室長補佐という肩書きを持つルシエルの従弟、トマス・シャイアだ。

「……トマス、ドアをノックしろ」

「そんなことをしていられるかっ！　これを見ろっ！　これをっ！」

トマスはぎゅっと右手に握りしめていた新聞を、理央のデスクに広げた。

オーデンにはゴシップ新聞はない。そういうものを読んで喜ぶという性質が、オーデン人にはあまりないのだ。それでも他国から輸入された有名紙はスタンドに置かれている。

「……これ、もしかして俺か？」

「もしかしなくても殿下です。そして隣にいるのは私」

大きく引き伸ばされた写真には、クルーザーの上でシャンパンを飲んでいる理央とルシエルが鮮明に写っていた。後ろにはリチャードやオリヴィエもいる。ルシエルの妹のマリエルなど、目にも眩《まぶ》しいビキニ姿だというのに、いっそ清々《すがすが》しいほど無視されていた。

「写真ではなく見出しを読めっ！」

トマスはそう怒鳴《どな》ってから、深呼吸をしてクールダウンする。

「俺にゲイ疑惑？　え？　……えーっ！」

　理央は両手で頭を抱《かか》え、男らしい悲鳴を上げた。

「今年の夏に、ドーヴァーをクルージングしていたときに撮《と》られた写真だな。あのとき、チャーターヘリが一機、しばらくまとわりついていた」

　ルシエルが冷静に呟《つぶや》く。

「あのな、ルシエル……」

「クルージングに行っていいと許可を出したのはお前だ」

「クルージングで盗撮されたかもしれないと、どうして俺に報告しなかった。話を聞いていれば、いろいろ裏に手を回せたんだ。イギリスの三流ゴシップ紙に話題を提供するな。執務室は即刻、イギリスの『デイリー・ホット・ゴシップ紙』と写真を撮ったパパラッチに抗議する。洒落《しゃれ》にならないんだぞ？　ルシエル」

　ゲイ疑惑どころか、「僕たち何年も付き合ってます。未《いま》だに熱々カップルです」という理央とルシエルに、トマスが鋭い視線を向けた。

「どうしよう。バレたら外交に響くよな？」

「響きます。しかし……」

　ルシエルが何かを言いかけたそのとき、今度は軍服姿のマリエルが半べそをかきながら大公執務室に突撃した。

「酷いわっ！　あんまりよっ！　ちょっと聞いてよお兄様っ！　今日に限ってなぜか同僚や部下が慈愛の眼差《まなざ》しで私を見てたのっ！　気持ち悪いから『理由を述べよ』と命令したら、『ワールド・プリンス』っていうウェブサイトを教えられて……っ！」

ワールド・プリンスというのは世界中の王子様たちを讃《たた》える巨大ファンサイトで、当然の如《ごと》く各国語版が用意されている。

マリエルは、小脇に抱えていたノートパソコンをデスクの上に置き、モニターを開いた。

みんなで一斉《いっせい》に覗《のぞ》き込む。

そして、全員顔をしかめた。


『オーデン王国のリオ殿下とルシエル殿下は絶対に恋人同士だと思うの。腐女子《ふじょし》の嗅覚《きゅうかく》は特別なのよ。絵になる二人で凄《すご》くステキ。……というのは妄想《もうそう》よ。当然じゃないの！　、私と同じように妄想できる友達を大募集しまーす。彼らの関係をありったけ妄想して楽しみましょうよ』


日本語に訳すとこうだろうか。

理央は冷や汗を垂らして「有り得《え》ない」と呟いた。

「これは別にいいんじゃないか？　マリエル。美しい男たちが二人揃《そろ》って立っているというだ

けで、脳内で様々な想像ができるという特種技能を持った女性たちは少なくない。むしろ、ある意味『ファンサービス』

「そこじゃないわよっ！　むしろそこはグッジョブと言いたいわよっ！　もっと下のトピックを読んでっ！」

マリエルはどさくさ紛《まぎ》れにとんでもないことを叫《さけ》んだが、理央は聞かなかったことにした。

そして、彼女の言う記事をクリックする。

「ここにまで貼《は》られていたとは……」

トマスが呻《うめ》いた。

デイリー・ホット・ゴシップ紙と同じ写真が大きく貼られている。

ルシエルと理央の周りにはハートが飛び交い、後ろのマリエルには二つに破れたハートが飛んでいた。

写真の意味を意訳すると、こうなる。

「美貌《びぼう》の兄に可愛い殿下を奪《うば》われた、肉体派の妹。発達した大胸筋《だいきょうきん》も役に立たなかったようだ。お気の毒様」

いろんな意味でむごい記事だ。

「私の胸のどこが筋肉なのよっ！　立派な脂肪よっ！　ふっくらマシュマロの、形もいい可愛い脂肪よっ！　この記事を書いたのは絶対に女ねっ！　私が殿下の傍《そば》にいるのが許せないんだわっ！」

マリエルは自分の胸を自分で寄せて上げ、涙目で叫んだ。

ルシエルは、そんな妹をやはり慈愛の目で見つめ、そっと肩を叩《たた》く。

トマスは苦笑し、理央は頰を赤く染めて俯《うつむ》いた。

「……しかし、同時期に新聞とウェブサイトに同じ写真が載《の》るとは。イギリスのゴシップ紙ならイギリス王室のゴシップを載せ続ければいいものを、なぜドーヴァーを越えたオーデンに首を突っ込む？」

ルシエルは、もっともな呟きを漏《も》らす。

「そうだよな。平和なイギリス王室なんて……あまり想像がつかない。何かしら紙面を飾れる記事があるだろうに……ってて っ！　ここにとんでもない記事を発見っ！」

トマスは、マリエルが持ってきたノートパソコンを端《はし》に寄せ、ゴシップ紙を指さした。

理央たちの記事の一番下に、なんと「ダイヤー公爵《こうしゃく》夫人」の文字を発見。

「ルシエルさん……ダイヤー公爵夫人って……リチャードの母親ですか？」

「ええ。大変アクティブな女性で、趣味が縁結《えんむす》びとガーデニングです」

ガーデニングはイギリス人らしい趣味だが、縁結びとはなんだろう。

理央は首を傾《かし》げる。

「ええと……『わたくしの息子の友人である、シルヴァンサー大公殿下には、この私が素晴らしい女性を紹介しますわ。女性に興味のない殿方《とのがた》ではないはずよ』と書いてある。これ、本人に聞いた話じゃないだろう。そこいらの記者が、ダイヤー邸《てい》の敷地《しきち》に入れるわけがない」

トマスがぶつぶつと文句を言う横で、ルシエルは携帯電話を取り出して操作した。

そして、窓を開けてバルコニーに移動する。

「殿下とお兄様のゲイ疑惑は、この嘘《うそ》八百を並べた公爵夫人のコメントからきているのね。殿下には、今まで浮いた話が一つもなかったからっ！　だからといってゲイにするのは酷いわ。そうでしょう？　トマス」

記事のすべてをねつ造にしたいマリエルは、鋭い表情でトマスを見つめたが、トマスは何も言わずに曖昧《あいまい》な態度を取った。

浮いた話がないのは、火種《ひだね》になりそうな出来事をルシエルが密《ひそ》かに消して回っていたからだとは、さすがに言えない。

「浮かれるより先に、外交をどうにかするのが先だろ。俺、下半身外交はお盛ん……なんて言われたくないし」

「殿下、その言葉は少々下品です」

さっきまで自分の胸を寄せて上げていたマリエルが、厳《きび》しく突っ込みを入れた。

そして、バルコニーから戻ってきたルシエルまで「まったくです」と妹に同意する。

「日本のゴシップ紙は、そういう下品な見出しが多いんです」

「ではさっさと忘れなさい。あなたの故郷はオーデンです。そして、今週中にはダイヤー公爵夫人から、『小さな我が家に遊びにいらっしゃい。ささやかながらパーティーをするわ』と書かれた招待状が届けられるでしょう」

ルシエルは渋い表情で呟いた。

「ダイヤー邸からの招待状？　それって……本当に楽しいのか？」

トマスが「お気の毒」という顔で理央を見る。

そこに今度は、開きっぱなしの扉をノックして、執事《しつじ》のアルファードがやってきた。

「リオ殿下。たった今、イングランドから電報が届きました」

素晴らしく有能な執事アルファードは、理央とルシエルの関係を知っている数少ない「仲間」の一人で、いつもひっそりと彼らを見守っている。

理央は席を立ち、アルファードが持っていた電報を受け取った。

そしてすぐに中身を確認する。

「明日から一週間ほど、ダイヤー邸にいらっしゃい。リオ殿下、ルシエル殿下」

……と、書いてあった。

「ルシエル、俺たち揃って招待された……のか？　どこにどうやって行けばいいのか、俺にはさっぱりだ」

「それは、ルシエルが傍にいるからですよ、リオ殿下。当然、このトマスも知っています。リチャードの友人であればみんな知っていると言った方が早い」

トマスは、「俺は招待されていない」と嬉《うれ》しそうに微笑《ほほえ》みながら、しかめっ面《つら》で唸《うな》っている理央に説明した。

「私も、ローザ・ダイヤー夫人に招待されていなくてよかった！　殿下、お兄様……」

マリエルはそこでしばらく溜《と》めて、「ファイト」と晴れやかな笑みを浮かべる。

「招待される理由が分からない」

「おそらく……ダイヤー夫人は、リオ殿下に良家の子女をご紹介したいのでしょう。キンバリーが電話でそう言っておりました」

アルファードが、控《ひか》えめに会話に入った。

キンバリーさんって、どこのどなた？

理央はルシエルに視線を向ける。

「ダイヤー家の執事で、アルファードとは昔からの友人です。とにかく……もう一人のアルファードがダイヤー家にいると思いなさい」

「つまり、超有能な執事ということか。でも、アルファードさんはシルヴァンサー城のもの」

理央の言葉に、アルファードは「もったいのうございます」と頭を下げた。

「ダイヤー夫人が紹介する女性と言ったら……イギリス娘かドイツ娘よ。ダイヤー家はドイツ名家《めいか》の血が入っていて、ドイツの社交界に繋《つな》がりがあるの。……えええええーっ！　リオ殿下には、屈強《くっきょう》なイメージのある女子じゃなく、もっとこう、ふわっとして可愛い女子がいいっ！」

そこで「私はどうですか？」と言わないのが、マリエルのいいところだ。

彼女は自分が「順位はたいへん低いが、王位継承《けいしょうけん》権のある殿下という立場で、いざとなれば嫁候補になれる」ということをすっかり忘れ、理央の嫁候補を真剣に考える。

「マリエルさん」

「なんですか？　殿下」

「俺、マリエルさんのそういうところが、凄く可愛いと思う。いや、可愛い人に可愛いというのは褒《ほ》め言葉なのか分からないけど」

理央の微笑みに、マリエルは「いやだわっ！」と照れて、執務室から逃げた。

「あれでがさつでなければ、引く手あまたなんだが。そろそろ除隊《じょたい》させて、花嫁修業をさせなければいかんな」

ルシエルは兄の表情で、この場を走り去った妹を思う。

そこに、新たな登場人物が二人。

くどいようだが、二人追加だ。

「アロー殿下」

「ハロー殿下」

アムール星人と、空気の読めない男だ。

トマスは「まさか……」と頭を抱え、ルシエルはぴくりと頬を引きつらせる。

アムール星人は、バッグで有名なフランスの老舗ブランドであるルナンの経営者令息、オリヴィエ・ルナン。茶色の柔らかな髪の優男で、話す言葉の九十パーセントは「愛」だ。ルシエルとは幼なじみで、彼だけが「ルシィ」と呼ぶ。

空気の読めない男は、アメリカのホテル王令息、ジョーンシー・スミス。茶色の髪と空色の目が、やんちゃな子供を思わせる、いつでもどこでも前向きで元気のいい男だ。

友人内では理央の渾名《あだな》は「殿下」となっている。理央は、自分を呼び捨てにすることを許したのだが、ルシエルが我が儘《まま》全開で却下《きゃっか》したのだ。

「わーっ！　久しぶりっ！　オリヴィエにジョーンシーっ！　よく来てくれたっ！　忙しいだろうに、時間が取れたのか？」

理央は無邪気《むじゃき》に彼らに走り寄って手を繋ぎ、乙女のようにキャーキャー騒いだ。

「では、オリヴィエ様とジョーンシー様の部屋を用意しておきましょう。午前のティータイムは十一時から一階のサンルームです。ジャケット着用をお忘れなく」

アルファードは、昨今の若者らしいカジュアルスタイルで執務室にやってきた二人の来客にそう言うと、静かに部屋を出た。

「しかし凄いことだね。僕たちがダイヤー夫人に招待されるなんてっ！　リチャードに誘われてダイヤー邸に初めて行ったときは、借りてきた猫のように大人しくなってしまった。この僕ともあろう男がっ！」

ジョーンシーは元気よく言って、さりげなく偉《えら》そうに、腰に手を当てる。

「僕は憂鬱《ゆううつ》だ。……初めてなんだよ？　ダイヤー邸に行くのは。今までリチャードに何度も誘《さそ》われたけど、ずっと断ってきたんだ。だって相手はイギリス貴族。僕は代々続くフランスの有名ブランド会社の息子。どちらも『老舗《しにせ》』で、しかも……ここが大事だよ、殿下。イギリス人とフランス人だ。血の雨を見るね。ははは」

フランス人はよく口が回る。オリヴィエはルシエルと同《おな》い年の三十一歳だというのに、まるで年下の子供のように唇を尖《とが》らせて、文句を言ったり明後日《あさって》の方向を見たりと忙しい。

ジョーンシーと理央は、オリヴィエの「初めて」に、目を丸くした。

「もの凄い確執《かくしつ》があるんだね。リチャードとは仲がいいのに」

「それはそれ、これはこれ。今回だって、この人数だから行くことを決意したんだ」

「でもさー」

「話を換《か》えよう。ジョーンシーはあの新聞を見たか？」

自分が納得いくまで話を続けようとするジョーンシーに、オリヴィエは彼が好きそうな話題を振った。

「デイリー・ホット・ゴシップだよね？　見たっ！　読んだっ！　いったい、どこの誰がバラしたの？　というか、僕もみんなと一緒に行きたかったなあ」

「だったら、今度はジョーンシーが僕たちを招待してくれればいい。そうしたら、みんなでアメリカに押しかけるよ。僕はアメリカ大陸に足を踏み入れたことがないんだ」

アメリカをまるで未開の地のように言うオリヴィエだが、ジョーンシーはそれに気づかず、何度も頷く。

「ロスの『スミスズホテル』のリニューアルが終わったら、絶対にみんなを招待するよ。そうそうたるメンバーだね。うっとりだ。ホテルに箔《はく》が付く」

オリヴィエは生温かい笑《え》みを浮かべ、黙ったままジョーンシーの頭を「ヨシヨシ」と撫《な》でた。

「ジョーンシーが女性にもてる理由が、なんとなく分かったような気がする」

彼の呟きに、トマスとルシエルも苦笑しながら頷いた。

理央はジョーンシーと同じように首を傾げていたが。


事件を整理しよう。

いつもなら、ゆったり優雅《ゆうが》なお茶の時間が、今日だけは緊迫《きんぱく》した空気に包まれた。

暢気《のんき》に「みんなでイギリス旅行」だと思っていたオリヴィエとジョーンシーは、旅行の真の目的を聞いた瞬間「なんだそれは」と驚く。

今までの経緯《けいい》をノートに書き留めたトマスは、濃《こ》いめのミルクティーを一口飲んで仲間に視線を向けた。

「王室執務室としては、殿下のバカバカしいゲイ疑惑を払拭《ふっしょく》したい」

「事実だけど、公表できないもんね」

ジョーンシーの言葉に一同が「まったくだ」と頷く。

「……というか、あの写真を撮ったパパラッチを締《し》め上げたい」

「賛成。パパラッチなんて、この世からいなくなればいいのに。一度死んで、地獄を見てくればいいと思うよ。ホント」

「激するな、アメリカ人」

オリヴィエはあっけらかんと笑って、ジョーンシーの肩を叩く。

イギリスやアメリカと違い、フランスでは有名人のスキャンダルが暴露されても「だから何？」で済《す》むことが多い。これが汚職《おしょく》や税金の無駄遣《むだづか》いに関することなら違うだろうが、プライベートに関してはクールな国民性だ。

「……だから俳優や女優は、フランスの田舎に本宅や別荘を持つんだ。ロスに屋敷があったら気が休まらないもん。フランスの田舎じゃフランス語しか通じないし」

「はいはい、ジョーンシー。ホテル王の息子も大変だってのはよく分かるから。少しだけ黙っていようよな？」

「子供扱いしないでほしいな、オリヴィエ。僕は殿下より一つ年上なんだよ？　ねえ殿下」

ここでいきなり、俺に話を振るな。

紅茶を飲みながら、ずっと「なぜ俺がイギリスの公爵夫人に女子を紹介されなくちゃならないんだ？」と考えていた理央は、曖昧に頷いた。

「どうでもいいから黙れ、ジョーンシー。とにかく、あの角度の写真でなければ殿下もゲイ疑惑の餌食《えじき》になることはなかった。やはり、あのパパラッチを締め上げる」

「トマス。話がさっぱり進んでいない。そして一つ、お前は大事なことを忘れている。公爵夫人は、実は亡き国王の后《きさき》候補だったそうだ」

「なんだい？　ルシィ、その後出し的設定は。驚きすぎて言葉が出てこないよ」

オリヴィエはルシエルを愛称《あいしょう》で呼び、わざとらしいため息をつく。

「俺も初めて聞いた」

「……ジェームズ殿下が生まれたときに、キャサリン皇太后《こうたいごう》がそういう話をしたんだ。その場にいたのは、パトリックとマリ女王、そして耀子《ようこ》様。耀子様がもっとも驚いていた。私は空軍少佐として、王子誕生祝いにどれだけ戦闘機を飛ばしましょうかと相談をしに行ったところ、この話を聞いてしまった」

淡々《たんたん》と語るルシエルの横で、理央は気分が悪くなった。

……それはとてもヤバイことだと思います。うちの母親が、后候補を蹴飛《けと》ばして王様の奥さんになっちゃったんだから。ダイヤー邸に行ったら、俺はもれなく苛《いじ》められるでしょう。

理央は、シンデレラになった自分を想像した。

愛ある厳しさなら、耐《た》えられる。

ルシエルがそうだ。

最初は厳しいばかりで、理央は、少女小説に出てくる厳格《げんかく》なガヴァネスの名前である「ロッテンマイヤー」を嫌みたっぷりに渾名に使っていたが、今はちょっと違う。

相変わらず心の中では「ロッテンマイヤー」と呼ぶことがあるが、親しみを込めている。

「良家の子女を紹介するというのは実は口実で、本来の目的はまったく違うものだとしたら？　いや待て、リチャードの母親を悪く言うことはできない……しかし……っ」

理央はさっさと行き詰まってしまった。

「私の知る限り、ダイヤー夫人は昔のことをいつまでも根に持つ人間ではない。何せ、ダイヤー公爵とは仲の良い夫婦だし、何不自由ない暮らしをしている。確かに殿下の言う通り、夫人には別の目的がありそうだが、あまり悪い方へ考えなくてもいいと思う」

ルシエルは、理央を安心させるように彼の手をそっと摑《つか》んで、穏《おだ》やかに呟く。

「ふむ。どちらにせよ、サプライズに注意しろということかな？」

ジョーンシーも、たまには普通のことを言う。

「ハミードやハインリヒがここにいれば、別の視点から夫人を見て、もっと違う話が聞けたと思うんだけど……残念だよ」

オリヴィエも、ジョーンシーの言葉に続けて残念がった。

ハミード王子とハインリヒは、今回の「旅行」には参加出来ないようだ。

理央は「なんで?」とは聞かない。

彼らには彼らの仕事があり、それを突然キャンセルすることはできないのだ。

「イギリス貴族に、どう対抗しよう」

オリヴィエがため息をついた。

「一つ提案がある」

黙っていたトマスが手を挙《あ》げ、意地の悪い笑みを浮かべる。

「この計画は、ダイヤー家の承諾《しょうだく》がいるんだが……」

「リチャードなら、喜んで頷くだろう」

彼の代わりに、ルシエルが返事をした。

「だと思う。犯罪行為は行わない。ただ……騙《だま》すだけだ」

誰を、とはトマスは言わない。

彼は視線を一瞬、ゴシップ紙に移しただけだ。

それだけで、全員が理解し頷いた。

旅行の支度《したく》は、アルファードがすべてやっておいてくれた。

あとは理央が、自分で持っていきたい小物を用意するだけだ。

風呂から上がったばかりの理央は、ほこほこと頭から湯気を出しながらバスローブ姿で腕を組む。

「やっぱ、携帯だろ？　それと音楽端末にゲーム機。……あ、国際標準マナーの小冊子《しょうさっし》も持っていこう。もしものときに役立つかも」

「嘆《なげ》かわしい」

背中に冷ややかな声をかけられて、理央は唇を尖らせて振り返った。

そこには、すでにパジャマに着替えたルシエルが仁王《におう》立ちして腕を組んでいた。

「相手はイングランドの貴族だぞ？　ルシエル。今回の招待は外交と見なすべきだ。だから俺は、間違いのないように……」

「そんな物は必要ありません。あなたはすでに完璧《かんぺき》です」

完璧な人に完璧と言われても、嫌みにしか聞こえません。

理央はしょっぱい表情を浮かべて、低く呻いた。

「作法は完璧、ダンスは普通。自然な会話は……改善の余地あり、と言ったところだろうか」

「数年前までは、俺は日本の庶民《しょみん》だったんだ。生まれたときからセレブだった人間のようにはできません」

「できませんではなく、やるのです。よろしいか?」

「分かりました。では俺は、これから身の回りの物を片付けますので、どうかルシエルさんは自分の部屋に戻ってください」

理央は唇を尖らせると、ルシエルに背を向けて自分のデスクに向かう。

明日は七時起きだと言われているので、寝る前に準備をしておかなければ絶対に忘れものをする。

理央はゲーム機や携帯電話をバッグに詰め、アダプターも突っ込んだ。

「イギリスって、変電器がいるのか? オーデンと同じじゃなかったらどうしよう」

「必要です。オーデンは二二〇ボルトですが、イングランドは二四〇ボルトですから。お分かりか?」

「分かりました。分かったから、さっさと自分の部屋に帰れ」

理央は悪態をついたのに、ルシエルの腕は優しく彼を抱き締める。

「招待先で、こんなことはできない」

「別に俺は……その、エッチしなくてもルシエルが好きだ……。絶対にしなくちゃダメだと思ってないし」

背中にルシエルの熱を感じる。

理央は、ルシエルの手に自分の手をそっと重ね、優しくさすった。

「あなたも、オーデン人の血を継《つ》いでいるのですから、私の気持ちを察していただきたい」

「明日は、朝……早いし……」

「私が起こして差し上げれば、それで済むというもの」

「ルシエルは我が儘だ」

理央よりも八歳年上のはずなのに、今は八歳も年下に思える。

ルシエルは、理央のため息交《ま》じりの呟きに低く笑った。

「笑ってる場合かよ。厳しくて我が儘な教育係なんて最悪じゃないか」

「だが、あなたの恋人だ」

「ダイヤー邸でもこんなだったら、大変なことになるぞ？　『壁に耳あり障子《しょうじ》に目あり』、だ」

「ミミーにメアリー……」

まじめに呟かれて、理央は思わず噴《ふ》き出した。

ルシエルも、理央に釣られて笑う。

「もう……仕方ないなあ。俺のロッテンマイヤーは、とんだ甘えん坊だ」

「……ロッテンマイヤー？」

ルシエルが低い声で呟いた。

しまった。

理央は自分の失言に顔をしかめる。

ルシエルを陰《かげ》でそう呼んでいることは、誰にも秘密だったのに。

さて、どう言い訳をしようかと考えていた理央の頭上から、意外な言葉が返ってきた。

「殿下に、ハインリヒ以外のドイツ人の知り合いがいましたか？　慈善パーティーのときの名簿にも、ロッテンマイヤーなる人物はいなかった……」

「え？」

もしかしてルシエルは、「アルプスの少女」を知らないのだろうか。有名なのは日本だけでなのかと、理央は首を傾げた。

だが、この場合は知らなくて「正解」だ。

「その人物は、ロッテンマイヤー夫人なのだろうか。それともロッテンマイヤー氏なのか。しかも、『俺のロッテンマイヤー』と言われた。…………浮気？」

このおバカさん……っ！

理央は眉間《みけん》に皺《しわ》を寄せ、ルシエルの手を強く叩いた。

「俺は、浮気をする暇《ひま》はありませんっ！　そして、ロッテンマイヤーという人間は実在しませんっ！　創作物です」

理央は嘘はついていない。ロッテンマイヤーは、スイスの作家スピリが創作した人物だ。

「殿下の創作物……？　もしや、文才がおありか？　私に内緒で書きためている物があるなら出しなさい。知り合いの編集者に読んでもらいましょう。そして、物になると分かったら出版する。印税《いんぜい》は外交の予算に組み込めばいい。いや、大公殿下が書いた物と分かれば、それだけで売れるに違いない」

「ルシエル」

理央はくるりと体を回し、ルシエルと向き合った。

「そんな恥《は》ずかしい出版の仕方なんていやだ。俺が書いたってだけで売れるってことは、文才は二の次ってことだぞ？　全世界的に笑いものになる」

「申し訳ない。……で？　書きためた創作物は？」

「どこまでも勘《かん》違いしてろ。俺はもう寝ます」

「そう簡単に寝かせるとお思いか？」

言うが早いか、ルシエルは理央の唇に自分の唇を押しつけた。

乱暴なキス。

けれどすぐに、優しくて甘くなる。

理央はこの甘さに耐えられない。

「ん、んぅ……っ」

鼻に抜ける甘い声を出し、ルシエルにしがみつくしかなかった。

「恋人同士は恋人同士らしく」

「ゲイ疑惑のさなかに、ゲイ全開ですか」

「それはそれ、これはこれ。取るに足らない疑惑です。私たちの力でどうにでもなる」

そう言って微笑んだルシエルは、猛禽類《もうきんるい》の目をしていた。

プラチナブロンドの羽とすみれ色の目を持つ、大型猛禽。

理央は捕食《ほしょく》される小動物だ。

ネズミはあまりにも可哀相なので、せめて野ウサギぐらいにしておきたい。

理央は、猛禽の巨大なかぎ爪で襲われた気分になった。

「可愛い殿下。……さて、ここからはプライベートな時間だ」

「い、今までは……なんだったんだよ」

くてんと体から力が抜けてしまった理央は、空軍で鍛《きた》えたルシエルに軽々と抱き上げられたまま悪態をつく。

ルシエルは笑みを浮かべたまま無言だ。

「オーデンの国民はのんびり穏やかで優しいから、ゴシップ紙を見ても『あらあら』で済ませてくれると思う。でも……イギリスは……」

テレビで、有名人たちが執拗《しつよう》に追いかけられているところを何度も見た。

自分がもし渦中《かちゅう》の人になったら、上手《うま》く切り抜ける自信がない。

理央は険《けわ》しい顔のまま、ベッドにそっと寝かしつけられた。

「なんのために、俺がいつも傍にいると思うんだ？　リオ」

ルシエルが微笑みながら覆《おお》い被《かぶ》さってくる。

「あ」

「お前を守るのが俺の役目だ」

プライベートのルシエルは、「私」ではなく「俺」になる。

キザな台詞《せりふ》。

だが、ルシエルほどの美形が言うと逆にしっくり来る。

理央は嬉しそうに眼を細めて笑い、ルシエルの背に腕を回した。

「なんか……いい気分」

「俺は、ロッテンマイヤーが気になるんだが」

「忘れてください」

理央は笑いながら、ルシエルの頭を乱暴に撫で回す。

「あー……、そうだな、今は忘れよう。だがあとで、しっかりと説明してもらうぞ」

事実を告げたら、きっとルシエルは形のいい眉をつり上げて文句を言うだろう。

理央は絶対に説明しないと心に決めた。

ベッドのスプリングが軋《きし》む音が聞こえる。

自分たちが出している音と分かっていても、なんだか気恥ずかしい。慣《な》れない。

理央はすっかり裸に剝《む》かれ、ルシエルの愛撫《あいぶ》に身を任《まか》せながら、そんなことを思った。

今夜のルシエルはいつもと違って凄く優しい。

いきなり恥ずかしい格好《かっこう》をさせることもなければ、理央を急激に追い詰めることもしない。

「……俺、こういうの、好き」

理央は掠《かす》れ声で呟き、ルシエルの腰に自分の両足を絡《から》めた。

「積極的だな」

「ん。ルシエルが優しくて……凄く気持ちいい」

「いつもの俺は、そんなに酷いか？」

ルシエルが理央の耳元にそっと囁《ささや》く。

理央は喉《のど》を反《そ》らして吐息《といき》を漏らし「酷いんじゃなくて……」と言った。

「明日のことを考えただけだ。腰を庇《かば》ったまま飛行機に乗るのは辛《つら》いだろう？」

「飛行機？　俺はてっきり……ユーロスターで行くのかと思った」

フランスとイギリスを海底で繋いでいるユーロスターは、気軽に利用できる「地下鉄」だ。

「ダイヤー家から自家用ジェットが到着する。招待客はそれに搭乗《とうじょう》する」

理央は一瞬で素《す》に戻り、目を丸くしてルシエルを見上げる。

だがすぐに「うちの税金が動くわけじゃない」と理解して安堵《あんど》した。

「ダイヤー公爵夫人に文句を言われても、筋道が通っていたらちゃんと聞こう」

「いや……文句と言うよりは……」

ルシエルは何か思い当たることがあるのか、険しい表情になる。

「何？　途中で止《や》めるなんてルシエルらしくない」

「次から次へと、良家の可愛らしい女性を紹介されたら、リオはどうなるんだろうかと思っただけだ。俺のときは、あやうくその場で婚約させられそうになった」

え？　なんですか？　今の話は。

理央は頬を引きつらせて、ルシエルの腰を両足でギュッと締め付ける。

「痛い」

「その話、初めて聞いた。後出しはもう勘弁《かんべん》してくれ。何もかも話して。俺はルシエルの恋人だ。おおっぴらに言えないけど、俺は一生ルシエルの恋人だ。だからちゃんと話して」

とたんに、ルシエルの顔がだらしなくなった。

「今日は驚くことばかりだったが、今の台詞が一番のサプライズだ。なんて可愛いんだ、リオ。俺の守護天使。一緒に戦闘機に乗って、空で愛を誓《ちか》い合おう」

「それはごめん被《こうむ》る」

理央は以前、ルシエルと共に空軍基地へ行き、彼の操縦する戦闘機に搭乗したことがあった。デスサイズのペイントを施《ほどこ》された縁起の悪い戦闘機がルシエルの愛機なのにも驚いたが、素人《しろうと》の大公殿下が同乗しているのに曲芸をやらかしたことにも驚いた。

そのせいで理央は、戦闘機から降りてから、トイレの便座と親友になったのだ。

「俺の操縦では不満か？」

「ルシエルは凄いと思う。敵が『デスサイズ、キターっ！』って涙目になる気持ちも分かる。でも、今更《いまさら》誓いなんてしなくても平気だ。俺たち、指輪の代わりをいつも首からぶら下げているじゃないか」

去年の理央の誕生日に、ルシエルから送られたメッセージ入りのペアのペンダント。

理央は、風呂に入るとき以外はずっと付けている。

「今は、その……付ける前にベッドに入っちゃったから付けてないけど……」

「ああ、そうだった。あのペンダントは、二人の愛の証《あかし》」

「ルシエルも今は付けてないよな。部屋に置いてきた？」

「大事な物だから、ちゃんと保管してある」

保管？

理央は、「もしかして」と嫌なことを考えた。

「もしかしてルシエルは……厳重に保管したままで付けていないと？」

「当然だ。万が一落としてしまったらどうする。俺は一生悔《く》やみ続けることになるんだ」

ああ、可愛いおバカさん。

理央は苦笑を浮かべ、「ペアなんだから、いつも付けてくれ」と言った。

「しかし」

「俺のお願い……聞いてくれるよな？」

恋人の可愛いお願いに、ルシエルはすぐさま頷く。

「よし。それじゃあ、ルシエルの見合いの話を聞こうか」

「その前に、一度済ましておかないか？　お互《たが》い、このままでは辛いと思う」

するりと、ルシエルの右手が理央の下肢《かし》に伸びた。

どうしようもないピロートーク中でも、そこは欲望で猛《たけ》っている。

「こんなに濡れて……とろとろになってる」

ルシエルの指先が、理央の雄《おす》の先端を円を描くように撫で回した。

「く……っ」

気持ちはすぐに切り替わる。

今は二人で達したい。

「ルシエル……っ」

「俺が欲しいか?」

「ん」

ルシエルの指が再び移動し、理央の後孔《こうこう》に触《ふ》れた。

すっかり柔らかくなったそこは、ルシエルの指をすぐに二本飲み込む。

「ん……っ……あ、あ……っ」

「ずいぶんと敏感になった。……可愛いよ、リオ」

指先で肉壁を突き上げられ、耳元に低く優しい吐息がかかる。

「もういいから……っ……それ以上動かされたら……俺……っ」

指で達するのではなく、一つに繋がりたい。

理央のおねだりに、ルシエルは軽く頷いた。

指をそっと引き抜き、代わりに自分の雄をあてがう。

そして、ここからはいつもと同じ。

一気に貫《つらぬ》かれた理央の口から甘い悲鳴が溢《あふ》れた。

肉壁《にくへき》のもっとも感じる場所を狙《ねら》って突き上げられると、理性は飛び、快感を求めるだけの本能が現れる。

理央はルシエルの動きに合わせて腰を揺らして身悶《みもだ》えた。

優しい愛撫と激しい繋がりのギャップが、より理央を興奮させる。

「も、だめ……っ……ああ、ルシエル……っ！　ルシエル……っ！」

理央は上擦《うわず》った声で恋人の名を呼びながら、後ろだけの刺激で達した。

射精《しゃせい》は数度にわたって続き、理央は自分の精液《せいえき》で胸まで汚す。

「こんなに溜めておいて、俺の誘いを断ろうとしたなんて悪い子だ」

「あ……っ」

「もう少し、付き合ってもらうぞ」

ルシエルの声も上擦っている。

感じているのが分かって嬉しい。理央は小さく頷いて、自分の中に居座っているルシエルの雄を締めつけた。

「こんないやらしいまね、どこで覚えた」

「ルシエルが……教えたんじゃないか。……締め付けに強弱を付けろって、軍人の口調で」

理央はただでさえ赤い顔をますます赤くして、唇を尖らせる。

「リオは、俺の言うことならなんでも素直に聞くから、凄く可愛い」

「ばか」

理央は悪態をついてから、ルシエルの頭を両手でそっと掴む。

そして自分に引き寄せて、彼の額にキスをした。

取りあえず、一ラウンド終了。

というか、理央は一ラウンドで試合終了だと態度で示した。

自分好みになってきて嬉しいと浮かれたルシエルが、ついハメを外《はず》してしまったのだ。

「俺の体を気遣う振りをして、なんという鬼畜《きちく》なことを……」

「悪かった。申し訳ない」

ルシエルは理央の体を綺麗《きれい》にして、柔らかなガーゼケットでふわりとくるむ。

「俺を守ると言っておきながら、一番酷いことをする」

「本当に悪かった」

「……じゃあ、見合いをさせられた話を聞こうじゃないか」

理央はすっぽりとガーゼケットに包まれたまま、ルシエルを睨《にら》んだ。

「大学生の頃だ。リチャードの屋敷に招待されたと思ったら、盛大なパーティーが催《もよお》されていて、俺の前に次から次へと妙齢《みょうれい》の女性がやってきて自己紹介をし出した」

当時のことを思い出して腹が立ったのか、ルシエルの眉間に皺が浮かぶ。

「ダイヤー公爵夫人は『美しい殿方には愛らしい花嫁。私があなたの妻を見事、選んで差し上げますわ』と言って、勝手に見合いをセッティングしたんだ」

「うわあ……」

「俺は頑《がん》として拒否したんだが、ダイヤー夫妻は『若い子はすぐに照れる』と、さっぱりこっちの言い分を聞いてくれなくて大変だった。リチャードが間に入って説得してくれなかったら、今頃俺はどうなっていたことか……」

きっと、子供の二、三人はいただろうな。ルシエルの子供なら凄く可愛いと思う。

理央はそんなことを思った。

「ルシエルで失敗したから、今度は俺？　俺でリベンジってヤツ？」

「大公殿下」

ルシエルの声が、急に「教育係」に戻った。

「は、はい？」

「ダーティーワードは控えなさい。リベンジは、雪辱戦《せつじょくせん》という意味よりも復讐《ふくしゅう》という意味合いが強い」

「了解しました。……でも、だっ！　良家のお嬢さんを紹介されても困《こま》る。俺にはルシエルという立派な恋人が。秘密の恋人が」

「……夫人は、俺がまだ独身だということも知っている。二人揃って、嫁を紹介されるかもしれない」

なんということでしょう。

理央はルシエルの言葉に衝撃を受けた。

道ならぬ恋、公表できない恋を、これほど歯がゆく思ったことはない。

「だよな。……ルシエルは結婚適齢期だもんな。三十一歳。最高じゃないか空軍少佐で、伯爵の跡継《あとつ》ぎで、王位継承権があって美男子で頭がいい……。俺が女子なら、真っ先に『結婚して』と迫《せま》るだろう」

「馬鹿なことを言うな」

「いっそ、見合いの矛先《ほこさき》をオリヴィエとジョーンシーに向けさせるとか」

「一癖《くせ》も二癖もあって、時折鬱陶《うっとう》しくて『一度ミサイルを打ち込んでやろうか』と何度思ったか知れない相手でも、大事な友人だ。そんなことはできない」

ルシエルは、友人を尊重《そんちょう》しているのかどうなのか判断に苦しむ台詞を呟くが、理央は彼の顔が極《きわ》めてまじめだったので「尊重しているんだ」と思うことにした。

「そんな状態で、トマスの作戦は上手く行くのかな」

「行かせる。オリヴィエやジョーンシーも、少しはまじめに動くだろう。俺とリチャードで、調教してやる」

「ルシエルが言うと、本当に鞭《むち》を持って何かしそうで怖《こわ》い」

理央はそう言ってあくびをする。

「難しいことは全部俺に任せておけばいい。俺はお前の手足なのだから」

「王子様というより、騎士様だ。格好いいなあ、ルシエルは」

「大公殿下の恋人ならば、格好良くて当然だ」

ルシエルの台詞に、理央は小さく笑って目を閉じた。

ダイヤー公爵家の自家用機はオーデン空港のプライベートラインに到着する。

十時に到着、十時半に出発。

国際線の邪魔をしないように、時間厳守となっている。

「では坊ちゃま方、お気を付けて行ってらっしゃいまし。キンバリーには、私の方からすべて伝えております。先方でも何不自由ない生活が送れることでしょう」

さすがはスーパー執事。

仕事が早い。

「少しの間、留守にするけど……城のことをよろしくお願いします」

理央の言葉にアルファードはしっかりと頷く。

執事の後ろには、使用人たちが並んで見送っていた。

彼らは口々に、「大公殿下、あんな新聞記事なんて気にしちゃダメですよ」「私たちは殿下のことをよく知ってます」「ガンバレ殿下っ！」と、理央を励《はげ》ましてくれる。

「みんなありがとう。では、行って参《まい》ります」

理央たちは、トマスが用意したリムジンに乗り、一路空港へ向かった。

自家用機の搭乗口は一般乗客の搭乗口と違い、空港の地下にあった。

リムジンのまま地下ゲートをくぐり、専用の係員がバゲッジを運ぶ横で手続きを済ませる。

シルヴァンサー大公リオ殿下という生きたフリーパスがいるので、いつもなら厳重な手続きも、今日は大して時間がかからない。

係員たちは「大公殿下、パパラッチを倒してきてください」「あんな記事を載せるなんて、イギリスの新聞って最低」「あんなの輸入しなくていいのに」と、全員が理央の味方で、彼の代わりに怒ってくれる。

王室の好感度が高いって、なんて素晴らしいんだろう。国民が味方だ。

理央は、自分を慰《なぐさ》めてくれる係員たち一人一人に「ありがとう」と言って、お迎《むか》え自家用機に向かった。

機内は立派なリビングルームになっていた。

奥には寝室もあるそうだ。

女性パーサーが自己紹介をしたあと、招待客たちにシャンパンを振る舞う。

「ここからヒースローまでだと、一時間ぐらいかな？」

のんびりとソファで寛《くつろ》ぐオリヴィエに、ルシエルが「戦闘機なら十分だ」と答えにならないことを呟いた。

「……トマスはあのあと、もの凄く頑張ったみたいだ。これを見てごらんよ。オーデン紙の見出しがカッコイイよ」

　ジョーンシーは、ローテーブルに置かれていた新聞を広げて笑う。

『なぜ、我が国民の愛する大公殿下が、いわれのない中傷《ちゅうしょう》に傷つかねばならないのか』

　直訳すると、大見出しはこんな感じだ。

「うわー。俺が悲劇の主人公になってる。……ええと、『これからお嫁さんをもらう大公殿下が可哀相』『偽《いつわ》りを載せる新聞は新聞と言えるのか』『国民は大公殿下を信じている』……逆にプレッシャーをかけられた気分だ」

　シャンパンを片手に腹を押さえる理央の隣で、オリヴィエが「こんなに国民に慕《した》われてる王族は、珍しいね」と言った。

「使える手はすべて使ったな。おそらく、パトリックが陰で糸を引いているはずだ」

　ルシエルは、マリ女王の夫であるローレル公パトリック殿下の名を出して低く笑う。

「うちの大事な広告塔にちょっかいを出した罪は重い。身を以《もっ》て清算してもらおう」

「ルシィ。天使のような君が悪魔の顔になっているよ？　怖いからやめて」

オリヴィエは困惑するが、ジョーンシーは違った。

「ルシエルはいつも、常に、悪魔じゃないか。ただ表に出すか否《いな》かというだけだよ」

彼はある意味、ルシエルをよく分かっている。

理央も思わず笑った。

「……で、例の件だが。トマスから私の携帯に、常時情報が入ってくる。それを元にリチャードを含めた我ら四人で計画の補正《ほせい》をする。成功するまでそれの繰《く》り返しだ。シミュレーションとはそういうものだ。分かったか？」

軍人ルシエルの号令《ごうれい》に、オリヴィエとジョーンシーは「イエッサー」と答えて敬礼《けいれい》する。

「待ってくれ」

理央が強引に話題に加わった。

「俺は渦中の人では？　俺を無視して話を進めるな」

「殿下。渦中の人が動いたら、巻き込まれなくてもいい周りの人間が巻き込まれる。あなたは御輿《みこし》。黙って我らに担《かつ》がれなさい」

きっぱり言うルシエルの後ろで、オリヴィエが「マリア様を担いで歩く行事に参加したことがあるよ。あれは素晴らしい体験だった」と、微妙にずれたことを言う。

「つまり、殿下はマリア様と。うん、そうだね。勝手に動かれては困る。僕たちが上手く動くから、『エサ』になってください」

「なるほど。そうか、分かった。ジョーンシー、分かりやすい説明をありがとう。さすがはハリウッドがある国だ」

「僕はヨーロッパの文芸作品も好きなんだけど……まあいいや。分かりやすいのが一番だよね」

ジョーンシーは苦笑を浮かべて頷いた。


自家用機はヒースロー空港に降り立ち、理央たちはオーデンとは比べものにならない厳しい検査を受け、ようやく解放された。

そして、彼らを待っていた運転手によってリムジンに案内される。

「ここからどれくらい？」

理央は、オーデンとはまた違った車窓に好奇心を刺激されながら、誰彼になく尋《たず》ねた。

「二時間半ほどです」

「ロンドンを通る？　俺ダブルデッカーを生で見たい。……ああっ！　羊がいっぱいいるっ！」

理央は窓にへばりつき、どこまでもなだらかに続く牧草地《ぼくそうち》の中で草をはんでいる羊の群れに釘付けになった。

イギリスは日本と同じで車は左側通行だ。理央はそれが面白い。

「ロンドンは通りません」

「バッキンガム宮殿の衛兵《えいへい》交代式が見たいんだけど」

ピクリと、ルシエルの頬が引きつる。

「歩道脇に並んでさ、写真を撮るのにいい場所を押さえるんだ。騎馬隊も凄く格好いいって、姉さん……ではなくマリ女王が言っていた。ロンドン観光をする時間があるといいなあ」

「大公殿下、少しは慎《つつし》みなさい」

ルシエルは額《ひたい》に手を当て、大げさにため息をつく。

その様子を見て、オリヴィエとジョーンシーが笑いを堪《こら》えた。

ルシエルの小言《こごと》タイムだ。

「あなたの立場は、一国の大公です。マリ女王に大事があった場合、王位継承権で言ったら。ジェームズ殿下、パトリック殿下の次、三番目なのをお忘れなく。その殿下が、一般観光客に混じって衛兵交代式を見学ですと？　今回のゲイ疑惑よりも、そっちをパパラッチされた方が何百何千倍も恥ずかしいことだと知りなさい。お分かりか？」

「……お分かり、です」

「その双肩《そうけん》でオーデンの外交を担《にな》っていると言っても過言《かごん》ではないのです。よく考えてから行動なさい。というか、すべてにおいて自重《じちょう》されよ」

　理央はますます小さくなって「自重します」と、蚊《か》の鳴くような声で言った。

「ルシィ、そこまで言ったら殿下が可哀相だよ。せめて、見学の時間を作りましょうぐらい言って上げないと」

　オリヴィエが理央に助け船を出す。

「そうだよ。たとえ嘘になってしまっても、今は言っておいた方がいい」

　理央は泣きそうな顔でルシエルを見つめた。

　ルシエルは慌《あわ》てて「違います」と首を左右に振る。

　オリヴィエは肩を竦《すく》めてため息をついた。

「まったく。ジョーンシーは困った坊やだ。一言多いんだな、この口は……っ！」

　むにゅり。

　ジョーンシーは、オリヴィエに頬を引っ張られて「ふぐぅ」と呻いた。


　どこまでも続くなだらかな草原。童話に出てきそうな石造りの家。

　放牧《ほうぼく》された羊の群れに、日向《ひなた》ぼっこをしている豚の親子。

理央は車窓にぺたりと張り付き、初めて見るイギリスの景色に夢中になった。

「イギリスは、オーデンよりも空が低い。オーデンは、日本より空が低い」

「殿下。なんてったって、イギリスには世界の果てがあるからね。空も低くなるだろう」

軽口を叩くオリヴィエは、実は少々緊張して手の平に汗をかいていた。

「ルシィ。やっぱり僕は帰ろうかな……」

ここまで来て、いきなり気弱なことを言うオリヴィエを、ジョーンシーが励ます。

「この面子《めんつ》の一人でも欠けたら、計画が成り立たない。我慢しよう、オリヴィエ。僕たちはチームだ」

「ジョーンシーに慰められるようじゃおしまいだな。頑張らなくちゃ」

オリヴィエはそう言って、ルシエルと理央の間に強引に割り込む。

「なんだお前」

「緊張してるので、下心《したごころ》はありません」

彼はそう言うと、ルシエルと理央の腕をガッツリ摑んだ。

「オリヴィエって、意外と繊細《せんさい》だったんだね」

「これでも芸術家ですから。来季のルナンの新作、僕がデザインしたバッグもいっぱいあるんだよ？　君たちにはボストンバッグをプレゼントしよう」

ルナンは世界各国に支店を持つ有名老舗ブランドで、オリヴィエはルナングループのトップに立つ父の補佐をしながら、バッグや装飾品のデザインも手がけている。

「ルナンのバッグなら、喜んでいただくよ。ねえ、殿下」

「……姉さんに取られそうだ。日本にいたときから、ルナンのファンだったから。俺が新作を持っていると知ったら、『無駄遣《むだ》いはしないと決めているの。だから、そのバッグを私に貸して。ジェームズのオムツ入れに使うから』と言って、一生貸し出すことに」

理央は、未来のオーデン国王を胸に抱いて仁王立ちしている姉を思い浮かべ、ため息をつく。

「なんだ。ではマリ女王には、僕から新作一式をプレゼントさせてもらうよ。そして、ルナンのバッグを持ってお出かけして。とても素敵なＣＭになる。モデルのギャラを考えたら、新作バッグ一式なんて安い物だ」

「いや……そんな……ソコまでは……」

まるで「うちは貧乏なんです。もらえる物はありがとう♡♡」と、高級品をねだっているような形になってしまい、理央は恥ずかしさで頬を赤く染める。

「僕はそんなつもりで言ったんじゃないよ、殿下」

「そうだよ。僕だって、いつでも世界中のスミスズに無料で泊まっていいよと言えるもの。そうそう、王族が宿泊したホテルって、ミーハーな人たちにはもの凄く受けがいいんだ」

オリヴィエとジョーンシーは、さりげなくギブアンドテイクを申し出ながらも、「僕たち友達じゃないか」と、友達同士の絆《きずな》を全面に押し出した。

「よろしいのでは。いただける物はいただきましょう。マリ女王の崇拝者《すうはいしゃ》からのプレゼントとして」

「ルシエルがそう言うなら、それでいいか」

理央はほっとした表情で頷き、再び車窓にへばりつく。

今度は、放牧された馬の群れが見えた。


途中でトイレ休憩を入れ、車の外で手足を伸ばし、ようやくダイヤー公爵領に辿《たど》り着いた。

道路の左側には城壁のような壁が延々《えんえん》と続く。

「殿下。この町はすべてダイヤー公爵の土地です。そして、その壁の向こうは、すべて公爵家の庭です」

「こんなに広いと、手入れが大変だなあ。草むしりに何ヶ月かかるんだよって感じだ」

「庶民ではあるまいし、何を言っておられるか」

「あ、すみません。慎みます」

理央が苦笑して口を閉ざした。

リムジンは減速したかと思うとすぐに右折し、門を越えて、公爵家までの長い道のりを進む。

すると、リムジンに向かって一頭の馬が駆《か》け寄ってきた。

正確には、誰かが乗馬しているので一人と一頭だ。

柔らかな黒髪がたゆたい、青い眼がこっちを見ている。

公爵家の跡継ぎにして、理央の友人でもあるリチャードだ。

リチャードは優雅に馬を駆り、ダイヤー邸のロータリーまでリムジンと併走《へいそう》した。


「よく来た……と、言いたいところだが、まずはここで言わせてもらう。すまん」

リチャードは頭も下げずに、むしろ踏《ふ》ん反り返って、堂々と謝った。

彼はルシエルと一番仲のいい友人で、性格は嫌みな……否、少々言葉はきついが、何事も冷静に対処《たいしょ》できる人間だ。

「ハミードとハインリヒは、よくぞ逃げたと言っておこう。……オリヴィエ、ジョーンシー。君たちも心しておくがいい。私の母は、手強《てごわ》い」

その言葉に、来客全員が驚いた。

……え？　良家の子女を紹介されるとかいうのは俺だけじゃなかったのか？　俺たち全員？

本当にそれだけ？　実は、もっと恐ろしいサプライズがあったりして。

理央はだらだらと冷や汗をかき、リチャードを見上げる。

「渦中の人は殿下だが、周りは渦に巻き込まれるぞ。それと……」

「ようこそ、我が家へ。わたくしはレディ・ローザ・ダイヤー。ここまでの旅はどうでした？なんのトラブルもなく来られました？　午前のお茶の時間に間に合ってよかったわ。さあ、私の自慢の庭で、みんなでお茶をいただきましょう」

リチャードの声を遮《さえぎ》って登場したのは、柔らかな栗色の髪をアップにしたラベンダーブルーのスーツを着た公爵夫人だった。

その後ろから、明らかに怒っている初老《しょろう》の男性がやってくる。

「奥様。レディが廊下を爆走するものではありません」

「今日だけ特別よ、キンバリー。私は、麗《うるわ》しい殿方を大勢迎えられてとても幸せなの。ルシエル、あなたは学生の頃よりも輝きが増したわね。ステキよ、私のブルーダイヤモンド」

公爵夫人はそう言って、ついと右手をルシエルに差し出す。

ルシエルは当然のように、うやうやしく夫人の手を取り、手の甲《こう》にキスをする真似《まね》をした。

昔と違い、今は女性の手の甲に唇を押しつけることはない。

「あら。私としたことが順番を間違えてしまったわ。可愛らしいピンクパールちゃん。あなたがヘンリーの息子ね」

「はい。リオ・ジョエル・ハワードです」

「シルヴァンサー大公ね。ヘンリーの地位をそのまま引き継いだのでしょう?」

夫人の目が一瞬鋭く光ったように見えたのは気のせいだろうか。

理央は緊張しつつ、右手を差し出す夫人の手を取り、ルシエルの真似をした。

本来、このような挨拶は玄関先でするものではない。

リチャードは執事のキンバリーと顔を見合わせ、レディ・ローザの我が儘にため息をつく。

夫人は続けてオリヴィエを「アメジスト」と呼び、ジョーンシーを「ターコイズ」とイメージで呼んだ。

「母上。いい加減にしてください。客人は私の友人です。いつになったらもてなすのですか」

リチャードの鋭い声に、夫人は「今からよ」とにっこり微笑んで答え、理央たちをようやく邸内に招いた。


公爵様のお屋敷は凄い。

「美」に対するボキャブラリーが少ない理央は、あまりの荘厳《そうごん》さに口をぽかんと開けたまま、周りを見渡した。

ジョーンシーは「こういう内装、うちのホテルにも欲しいな」と瞳を輝かせる。

オリヴィエはというと、何か言いたそうな顔をしたまま無言で装飾を見ていた。

「荷物は使用人たちに運ばせよう。まずは、サロンで寛いでくれ。私はこのなりだから着替えてくる」

いつまでも乗馬服のままでいたくないリチャードは、さっさと着替えに行ってしまった。

ソファに腰を下ろすルシエル以外の三人は、暢気《のんき》に庭と部屋が合体したような広々とした空間を探索する。

「へえ。……窓はシャッター式か。見えないところにハイテクが使われているんだな。歴史のあるカントリーハウスに現代の配線をすると、莫大《ばくだい》な費用がかかるんだよね。ドイツの古城を買い取ってホテルにしたとき、そりゃもう、目玉が飛び出る金額を請求《せいきゅう》されたんだ」

ジョーンシーは、子供の瞳で部屋をチェックして回る。

逆にオリヴィエは庭に出て、そこから室内を見ていた。

「これはなかなか美しい。……はっ、愛と美の国で生まれ育ったこの僕が、よりによってイギリスの庭や部屋を賛美してしまうなんて……、でも美しい物は美しいんだからいいか」

オリヴィエはその場にたたずんでうっとりと景色を眺《なが》める。

理央は、壁に飾られている家族の肖像《しょうぞう》を見上げて「俺もこういうのが欲しいな」と呟いた。

「大公殿下の肖像画を描く画家を募集しましょうか。告知したら世界中から集まってくると思われます」

ルシエルの台詞に、理央は首を左右に振る。

「自分一人の絵じゃなく、みんな一緒のがいいな」

「ならば、写真という手も」

「これがいいんだ。これが」

理央は視線をルシエルから家族の肖像画に移す。

「トマスに、予定を入れてもらうようにしましょう。それでよろしいか？　大公殿下」

「大いによろしいです」

理央は照れくさそうに笑い、ルシエルの隣に腰を下ろす。

リバティ柄の丈夫なソファは、座る人間が一人増えたぐらいではびくともしない。

ドアがノックされ、リチャードとキンバリーが入ってきた。

キンバリーはティータイム用のワゴンを押している。

「いいタイミングで、母に電話が来た。あと一時間はしゃべっているだろう。お陰で私たちは、ゆっくりお茶を楽しむことが出来る」

「元気な方だな。俺は、うちのおばあちゃんを思い出した」

理央のおばあちゃんと言ったら、キャサリン皇太后だ。たしかに、年のわりにはパワフルでアクティブだ。

「電話の相手が、まさにキャサリン皇太后だ」

リチャードの言葉に、理央とルシエルは顔を見合わせる。

「おい、ルシエル。トマスから連絡は入っていないのか？　……ってオリヴィエっ！　その木に登るなっ！　見かけよりも弱いんだっ！　ジョーンシーは壁を削《けず》るなっ！　馬鹿者っ！」

リチャードは目を三角にして、悪友たちのもとに走った。

「坊ちゃまがあんな風にご自分をお出しになるのは、お友達がいるときだけです。ありがたいことですね」

キンバリーは穏やかに微笑み、沸騰《ふっとう》したての湯を、茶葉の入ったティーポットに入れる。

「大公殿下、ミルクの好みがございましたらおっしゃってください」

「俺は、カップの半分ぐらいミルクが入ってると嬉しいです」

アルファードと変わらぬキンバリーの仕草に、理央はなんだが嬉しくなった。

その横で、ルシエルが携帯電話と睨めっこをしている。

どうやらトマスから新たな情報が入ってきたようだ。

「そっちの赤いキルティングの帽子は、ミルクポットの保温用でしょう？　アルファードさんのと色違いだ。うちのはグリーンです。でも、どっちも可愛いタータンチェックだ」

「アルファードとは修業先が同じでした。そこの主には、可愛らしいお嬢様が一人いて、私たちがお暇するときに、プレゼントしてくださったものです。刺繍《ししゅう》も拙《つたな》いですが、お嬢様が、一生懸命作ってくださったものですから、こうして大事に使わせていただいております」

「へえ……」

素敵な昔話だ。

理央は、若かりし頃のアルファードとキンバリーの姿を想像する。

「計画は着々と進んでいるようだ。キンバリー、この屋敷に新しい使用人が入る予定は？」

「ございます。ルシエル様。突然、昨日の夕方に決定しました。図書室の整理係がいなかったので丁度《ちょうど》いいのですが……」

「到着はいつだ？」

「明日の午後です。……ルシエル様、何やら……楽しそうな遊びが始まりそうですな」

察しのいいキンバリーは、にっこり微笑みながらティーカップにミルクを注ぎ、続けて紅茶を注ぐ。

テーブルには、キュウリとハムの一口サンドウィッチの皿、小さな菓子の皿、スコーンの皿がずらりと並んだ。

理央は勧《すす》められたミルクティーに角砂糖を一つ入れて飲む。旨い。

上機嫌のまま、キュウリのサンドウィッチに手を伸ばした。

「うわあ。可愛いねえ、英国式のお茶の時間っ！　ちょっと、写真を撮っていい？」

リチャードに散々怒られたにもかかわらず、ジョーンシーはけろりとした顔でジャケットからデジタルカメラを取り出し、角度を変えてテーブルを写す。

「でもこんな時間にこんなにいっぱい食べて、お昼はどうするの？」

「食べるぞ。ただし、時間帯が違う。昼食は午後の一時からだ」

リチャードが、オリヴィエの耳を引っ張りながら戻ってきた。

「朝食、午前のお茶、昼食、午後のお茶、簡単な夕食。これが一日の食事だ」

「お肉がないよ……？」

肉が大好きなジョーンシーは、切ない顔でソファに腰を下ろす。

「昼食の量が一番多い。……一般人の食生活はよく知らないが、うちではそうだ」

「リチャード。……パーティーのあるときは？」

「安心しろ、ちゃんとディナーがある」

「じゃあ、毎日パーティーにしようよ。リチャードの屋敷はフランス人がシェフなんでしょう？　だったらきっと、凄く美味《おい》しい夕食が……」

子供のようなことを言うジョーンシーに、理央《まお》まで苦笑する。

「ジョーンシー、その言葉は、昼食の量の多さを目の当たりにしてから言え」

ルシエルは呆《あき》れ顔をした。

「だからか。このプチフールはフランス式だ。イギリスの菓子みたいに頭が痛くなるほど甘くなくて、砂糖でガチガチにコーティングもされてない。美味しいねえ」

美と食と愛の国の住人が「旨い」と言ったものだから、すぐさま全員の手が菓子の皿に伸びた。

「これ……俺でも作れるかな。材料は分かってきた。……ふむ」

理央は真剣な顔で菓子を頬張り、頭の中に材料とレシピを思い描《えが》く。

料理が得意で趣味の域《いき》を超えている理央は、最近公務が忙しくて厨房《ちゅうぼう》に足を運んでいなかった。料理はストレス解消にもなるのだが、ルシエルが「ダメです」と言って行かせてくれない。

「ところでルシエル。トマスからの情報を教えろ。母上がやってきたら自由な時間は無くなってしまう。今のうちに、ある程度話し合っておこう」

リチャードは長い足を優雅に組み、ミルクティーを一口飲んだ。

ルイス・アンダーソンは、デイリー・ホット・ゴシップの新聞記者だ。

といっても、記事を書くだけでなく写真も自分で撮る。

いい写真が撮れると報奨金《ほうしょうきん》が出るので、それが仕事の励みになっていた。

今はサラリーマンだが、いつか写真家として独立するのだと夢見る二十九歳の独身男。

彼は今、遅ればせながらのバカンスを取り、ダイヤー領へ向かっていた。

「どこの誰だか知らないが、俺に素晴らしい紹介状を用意してくれたもんだ」

お貴族様のパーティーがどんなばかばかしい物か、国民に知らせてやらないとなっ！　王室ゆかりのダイヤー公爵家の招待客なら、面子《メンツ》も凄いに決まってる。やっぱ、ゴシップで楽しまないとっ！

彼はニヤニヤしながら、愛車のハンドルを握りしめる。

バカ騒ぎの現場を押さえた写真は、報奨金になる。もし希望額が却下されたら、そのときは別の新聞社に売り込みに行こう。貯金もある程度貯まったし、そろそろ独立してもいい頃だと、彼は日本で言う「捕《と》らぬ狸《たぬき》のなんとやら」をしていた。

「ありがとう、名無しの紹介者さん。俺はあなたのことを『あしながおじさん』と呼んでやる」

ダイヤー邸の図書室整理係の求人を、わざわざ送ってきた謎の人物に感謝する。

ルイスは、あの盗撮を見て「金持ちなんてみんなアブノーマルだ」と怒った有志《ゆうし》からのプレゼントだと思った。

新聞に載ったあの写真は、ダイヤー公爵の跡継ぎを追いかけていたときに偶然撮れたもので、ルイスはまったく興味が無かった。

それを編集長が、面白おかしくねつ造したのだ。

ルイスは「報奨金が出たし、まあいいか」と、ねつ造には目を瞑《つぶ》った。

何せ、写っている男たちはタイプは違えどみんな美形だ。美形は女性に限る。

男の美形など腹が立つだけだと、彼は信じて疑わない。

「庶民に迷惑をかけてるわけじゃない。俺が写真を撮ってるのは金持ちだけだ。有名税だと思ってくれ」

ルイスはそう呟いて、アクセルを踏みしめた。


「トマスめ。……あいつは敵に回したくない男だな」

リチャードが苦笑して頷く。

「正々堂々と……じゃないところが、彼らしいよね」

ジョーンシーは一言多かったが、事実過ぎて誰も訂正《ていせい》しなかった。

「作戦というのは、立てた人間の性格が出るからねえ」

オリヴィエは今後のことをあれこれ想像して、ニヤリと笑う。

「いくら腹を立てても、新聞社を潰《つぶ》すわけにはいかん。これ以上この国の失業率を上げても、なんの得にもならないからな」

ルシエルは冷静に呟いた。

理央だけは、一人無言で冷や汗をかいている。

「大丈夫だよ、殿下。殿下は何もしなくていいんだからね」

オリヴィエが理央の頭を撫でようと手を伸ばしたが、ルシエルに払われた。

「大公殿下は私が守るので心配ない。各自、自分の役割をシミュレーションすること。以上」

ウォーリック少佐の声に、友人たちは凛々《りり》しい敬礼をみせる。

そこへ、もう一人の渦中の人が現れた。

「ずいぶんとお客様を放っておいてしまったわ。ごめんあそばせ。つい、昔話に花が咲いてしまって」

ダイヤー夫人は上品に微笑むと、ルシエルと理央の間に、小さなヒップを強引にねじ込んだ。

「母上」

リチャードが片手で顔を覆う。

「美しい殿方に囲まれたいと思うのは、悪いことではなくてよ？　リチャード」

「しかし」

「研《と》ぎ澄《す》まされたブルーダイヤモンドと、愛らしいピンクパールを侍《はべ》らせるのは罪なのかしら？」

リチャードは口を閉ざす。

オリヴィエとジョーンシーはくすくす笑うが、夫人は彼らにも容赦《ようしゃ》なかった。

「お行儀《ぎょうぎ》が悪いわ、ターコイズ。……ところでアメジストには、この英国庭園がどう映ったのかしら？」

ジョーンシーは叱《しか》られただけで済んだが、オリヴィエは違った。

この挑戦は受けねばなるまい。

オリヴィエはそう思い、珍しく真剣な表情で夫人と対峙《たいじ》した。

「僕は美しく調《ととの》えられたフランス式の庭を愛していますが、この、サロンから庭へ続くアプローチは素晴らしい。悔《くや》しいけれど、素晴らしいとしか言えません。無造作《むぞうさ》に植えられているようでいて、完璧に計算された草木。それが少しも嫌みにならない。ただ一つ……」

「なあに？」

夫人の目がきらりと光った。

「部屋と庭の境界《きょうかい》に使っているタイルは、別の色に変えた方がいいと思います。あのタイルの部分だけ浮いている」

「やっぱり？　ああ、実は私も、あのタイルだけは自信がなかったの。けれど、旦那《だんな》様は私が何をしても『素晴らしい』と褒めてくださるし、リチャードは乗馬にしか興味を示さない。悩《なや》んでいたのよ。ありがとう、わたくしのアメジスト。フランスのアーティストに褒めていただけるなんて嬉しいわ」

夫人は少女のように胸に手を当て、キンバリーに「あとでタイルの見本帳をわたくしの部屋へ持ってきて」と指示する。

「そこまで褒められると、照れます」

「照れないで。あなたにも、素晴らしいお嬢さんを紹介して差し上げるわ」

オリヴィエが固まった。

「ジョーンシー、可愛いターコイズ。あなたを仲間外れにはしないわ。スペインの情熱の血を継いだ、あなたにぴったりのお嬢さんがいるのよ？」

暢気に菓子を食べていたジョーンシーが、盛大《せいだい》にむせる。

「あなたたちのいい人が見つかるまで、毎日がパーティーよ。よろしくて？」

嫌です。

……そう言えたら、どんなに楽だろう。

来客たちは、午前のお茶が終わるまで、針の筵《むしろ》に腰を下ろしている気分だった。

「連日連夜……？　パーティー？　俺は……友人に招待されて、イギリスに来たはずなのに」

部屋に案内された理央は、すぐさま天蓋《てんがい》付きのベッドにダイブした。

部屋自体はあまり広くないが、品のいい調度品が揃えてある。

小さなソファセットに、物書きが出来る机。クロゼットには、すでに服が掛けられていた。

「こんなことなら、『あなたの母親が私のヘンリーを取ったのよ』って、怒鳴られた方がましだったかも……」

「そんな楽しい事態には、私がさせません」

ルシエルの部屋は隣で、この部屋の扉は開いてもないのに、どうして彼の声が聞こえるのだろう。

「あれ……？」

お着替えは掛けておきましたと言いながら、半分扉の開いたクロゼットの中から、ルシエルが現れた。

「なんだっ！」

「隠し通路というか、隠し扉というか。これは……なかなか」

歴史のある城なら、こういう「隠しなんとか」はありだろう。

だが理央は、ルシエルがそれを使って自分の部屋にやってくるとは思わなかった。

「私の部屋にあるデスクの、後ろの壁を押すと隠し通路が現れました。細い道をゆっくり歩いていたら、ここにぶつかった。それがすぐ隣の部屋だったとは」

だからルシエルの服装は埃《ほこり》まみれなのか。

理央は複雑な表情を浮かべて、まじまじと恋人の顔を見る。

「何か」

「隠し通路を危険だと思わなかった？　ああいうのってトラップがあるじゃないか。映画とかでよく見た」

「あ」

どうやらルシエルは、今頃気がついたらしい。

バツの悪い顔をして理央に背を向けた。

「ルーシーエールー」

返事がない。気まずいようだ。

「ルーシーエールーさーん」

返事がない。

しかし彼は、ノロノロと振り返った。

「たまーに、ルシエルって抜けてるよな。白馬の王子様で、敵国にはデスサイズで、乗馬が上手くて、女子にモテモテで……完璧なのに、ちょっとだけ抜けてる」

「返す言葉もありません」

「でも俺は、そういうルシエルが好きだ」

ルシエルのバカっぽいところを見られるのは、多分俺だけだし。それが凄く嬉しい。特別だ。

理央は心の中で思いを付け足し、頬を赤くしてルシエルを見た。

「まいりました。完敗です」

ルシエルは騎士のように丁寧《ていねい》に礼をすると、次の瞬間猛ダッシュをして理央にタックルした。

「ぎゃっ！」

ベッドの上で、二人は何度もバウンドする。

「ルシエルっ！　服っ！　埃まみれっ！」

「すぐに脱ぐのでよし」

「そういう問題かっ！」

「学生の頃、無理矢理参加させられたラグビーが、こんなところで役に立つとは」

「だからって、力任せに抱きつくなっ！　あばらが折れるっ！」

「安心しなさい。加減している」

ルシエルは理央の耳元でそっと囁いた。

「今のは……久しぶりに心臓を打ち抜かれた」

「は？」

「毎日、ある程度の愛の弾丸は打ち込まれていましたが、今のは、不発弾と一緒に爆発した。大公殿下は、どうしてそういう可愛いことを言われるのか。教えていただきたい」

「いや……そんなことを言われても……」

別に狙ったわけではない。

理央はいつも、思ったことを言う。

それが勝手に、ルシエルのハートにヒットしているだけだ。

「愛の台詞で死ぬのなら、私は殿下に出会ってから……数え切れないほど命を落としている」

「また……キザな台詞を」

理央は苦笑して、汚いルシエルをぎゅっと抱き締める。

「思ったことを言ったまで。大公殿下は、無骨な私を詩人に変える」

ルシエルのキザな台詞には慣れたと思った。

だがこれはいけない。

理央は我慢できずに「ぶっ」と吹き出し、体を震《ふる》わせて笑う。

「失礼な。私は殿下をそんな不躾《ぶしつけ》な殿下に教育した覚えはない」

「だって、今のはルシエルが悪いっ！　真似してやるっ！　……俺はルシエルのすみれ色の瞳で見つめられるだけで、切なくて涙が頰を伝う。その罪な瞳をどうか閉じてくれないか？　ああお願いだ」

言い切ってから、理央は恥ずかしさのあまり鳥肌《とりはだ》を立てた。

よくぞ冷静に言ったと、心の中で自分を褒める。

なのにルシエルってば。

「感動した。殿下には文才がある。私は、その珠玉《しゅぎょく》の言葉をこれから毎日書き留めよう。あなたの唇からは文字と言う名の宝石がこぼれ落ちる」

「だから、それはやめてくれっ！」

理央は渾身《こんしん》の力でルシエルの腹を殴ると、ベッドから這い出て床に転がった。

そして、プルプルと肩を震わせる。

「今のは……効《き》いた」

ルシエルは脇腹を押さえて起き上がり、苦しそうに低く呻く。

理央はちらりとルシエルを見た。

彼と目が会った途端、堪えきれずに大声で笑い出した。

どれくらい笑っていただろうか。

ルシエルを取り巻く空気が非常に冷ややかになったのを感じて、理央はようやく笑いを止めた。浮かんだ涙も乱暴に拭《ぬぐ》う。

「大口を開けてバカ笑いとは、みっともない」

「……すみません」

「ミミーとメアリーに見られたら、なんとされるか」

壁のミミーに障子のメアリーか。

理央はまた、噴《ふ》き出しそうになった。

だが必死に堪える。

「私はあなたの甘い言葉に、素直に感動したというのに」

「……そうですか」

「他人の前でもこんなことを言われるおつもりか？」

「有り得ないっ！　言うとしても、ルシエルの前でだけだっ！」

だって恥ずかしいし笑っちゃうじゃないかっ！

理央は即座に答える。

ルシエルは「ご満悦《まんえつ》」の笑みを浮かべた。

ここに女性がいたら、今の微笑で気絶するだろう。

もしかしたら昇天《しょうてん》するかもしれない。そんな素晴らしい微笑だった。

「こういう……恥ずかしい言葉は、やっぱり、その、オリヴィエだと思う」

以前リチャードに「アムール星人」と言われたオリヴィエは、フランス人らしい甘いボキャブラリーを山ほど持っている。

理央にもしイタリア人の友人がいたら、是非《ぜひ》とも対決させたいくらいのアムールさだ。

「では私は軍人らしく、高速で殿下を撃墜《げきつい》しよう」

あ。今の台詞はちょっと好きかも。

理央は心の中でオーケーを出しながら、照れくさそうに笑う。

「撃墜されたかも」

「不時着ですか？　それとも、パラシュートで脱出？」

ルシエルは理央に近づき、ひょいと彼を抱き上げた。

「パラシュートで脱出。でも、敵に捕まった」

理央は笑いながら、ルシエルの首に両手を回す。

「では、尋問《じんもん》を受けていただこう」

「簡単に口は割らない」

「さて、それはどうかな」

ルシエルは、ゆっくりと理央に顔を近づける。

理央はそっと目を閉じ、ルシエルの口づけを待った。

二人は甘い口づけを交《か》わし、見つめ合っては微笑む。

それだけで足りなくなる前に、理性を総動員して離れた。

「も、もう少しで……負けてしまうところだった」

人様のお宅に泊まっている上に、自分とルシエルはゴシップ紙で「ゲイ疑惑」と騒がれている。そんな状態で、合体《がったい》行為など出来なかった。

だがルシエルは不満そうだ。

「そんな顔してもだめ。昨日いっぱいしただろ」

「欲望は貯金できません。わき上がったら溢れ出ていくばかり」

思わず、納得して頷きそうになったが、理央は辛《かろ》うじて堪えた。

そこへアムール星人、ではなくオリヴィエがやってきた。彼はノックしながらドアを開ける。オリヴィエに続いてリチャード、ジョーンシーも入ってくる。

彼はルシエルの不機嫌な顔を見て、まず「怒るな、ルシィ」と言い、彼らにノートパソコンを開いて見せた。

「この屋敷、無線LANが使えるんだ。このウェブサイトの動画を見てっ！」

理央は嫌な予感がした。

だがルシエルが「どれどれ」と開始ボタンをクリックする。

コラージュと編集のたまものだと分かっている。だがしかし。

理央とルシエルのゲイ疑惑を面白おかしく編集した動画は、思いの外受けていて、理央は気分が重くなった。

「コメントがね、面白いよね。『跡継ぎがもういるんだから、彼がゲイでも構わないはずだ』とか、『いい男はどうしてみんなゲイなのか』とか。あー……ちょっと差別的なコメントもあるなあ。こういうのは無視しましょう。……ええと他には」

すべて無視してくれっ！

理央は日本語のコメントを目にした途端、頭を抱えてベッドに転がった。

「どこまで広がっていくんだよっ！　このゲイ疑惑っ！　しかも」

「これがハリウッドなら、人気俳優の仲間入りってことになるんだけど」

ゲイ疑惑が人気のバロメーターになるのか定《さだ》かではないが、騒ぎに乗じて、ジョーンシーが言った。

「ネットに流れたら最後、半永久的にどこかに残っている。しかし、疑惑の段階でよかったじゃないか」

「よくないっ！」

理央はリチャードに大声を出す。

「大公殿下。慌てず、騒がず、うろたえない。有事と同じ気持ちで対処するように」

「分かってる。気にしたら負けだというのは分かってる。でも……面白おかしい動画にされるのは悔しいじゃないか」

理央は唇を噛《か》みしめて、低く呻いた。

「デイリー・ホット・ゴシップ社にミサイルでも撃《う》ち込むか」

「ルシエル。それは不謹慎だ。つ、慎みなさい」

ルシエルの物騒《ぶっそう》な台詞に、理央は「公務時の大公殿下の顔」になる。

「申し訳ございません」

「……ルシエルが頭を下げるのは殿下にだけだな」

「まったくだ」

「それには同感だ」

ジョーンシー、オリヴィエ、リチャードが、仲良く順番通りに呟いた。

「貴様らとて、暢気にしていられる立場ではないのだぞ？　夫人に嫁を押しつけられたらどうする」

ルシエルの低い一言は、稲妻となってみんなのハートを焦《こ》がした。ダメージ的に。

「うわあぁぁぁっ！　どうしようっ！　僕は今、付き合ってる子がいるんだよーっ！　でも公爵夫人なら、その子は愛人でいいじゃないとか言いそうで怖いっ！」

そんなことないさ……なんて誰も言えない。

実の息子であるリチャードさえ、あの母ならそれくらいの無茶はしそうだと、渋い顔をする。

「僕だってそうだよ。ルシィぐらい綺麗な子だったら付き合ってもいいけどさ。僕の、人間の美の基準はルシィだもの」

「そりゃまた、高い基準だ。しかし、この性格では付き合いきれんぞ」

リチャードが意地悪く笑う。

その顔はまるで、もう一人のロッテンマイヤーだ。

「いいのいいの。性格はこの際、なかったことにしてるから。ルシィの厳しさに慣れると、大《たい》抵《てい》の女子は『可愛い性格』になるし」

オリヴィエの言うことに、理央は思わず「そうだよなあ」と同意してしまったから大変だ。

「私は殿下のために、心を鬼にして厳しくしているというのに、気持ちが伝わっていないとは残念です」

「分かっていても納得できないことはあります。ルシエルさん」

「それをなおかつ理性で抑えるというのが、人というもの。分かっていただかなくては」

理央は返事をせずに適当に頷く。

「これ。そういう、ふて腐《くさ》れた態度は感心できません」

「俺が我慢すればいいんですね。分かりました。公爵夫人に嫁を紹介されたら、我慢して付き合います」

「私が言っているのは、そういうことではなく……」

「ルシィはかなりヤバイよね？　リチャード。年齢的にも、夫人のリターン的にも。今度こそ、ルシィに嫁を見つけてやるつもりだ」

ルシエルの叱る声に、オリヴィエの声が重なった。

「ああ。この間、俺がそのときの話の流れで、つい『彼に結婚相手はまったく必要ない』と強く言ってしまったから、母は余計に燃えている」

「つい」で済ませるなっ！　あんたのせいか、リチャードっ！

冷静に偉そうに呟くリチャードに、彼以外の全員が激しく仲良く心の中で突っ込んだ。


昼食は、ジョーンシーが期待していた通り、素晴らしい肉だった。

たくさんの種類と量の食べ物を、時間をかけてゆっくりと腹に収《おさ》めていく。

柔らかな肉がたっぷり入ったミートパイはホワイトソースかトマトソースを選んでかける。マッシュしたジャガイモと一緒に食べても旨い。白身魚のポワレも、皮はカリカリで身はふんわりしていた。

肉、肉、魚、肉、野菜、肉という順番で様々な獣《けもの》の肉を食べ、魚を食べ、野菜を食べる。

シェフがフランス人なので、温野菜の歯ごたえも間違いない。

おまけに、どのソースも絶品で、パンで皿を洗うようにひたすらぬぐい取って口に運んだ。

デザートはシンプルなチョコレートケーキだが、オレンジの風味がとてもいい。

理央は、口の中で蕩《とろ》けてなくなるケーキを堪能《たんのう》しつつ、このレシピを覚えたいと思った。

「舌の肥《こ》えた若い方が大勢いらっしゃると知ったシェフは、腕によりをかけたそうですよ」

給仕を終えたキンバリーは、客人たちの見事な食べっぷりにも感心する。

「キンバリー、母はどこへ行った?」

リチャードはナプキンで口元を拭い、有能な執事に尋ねた。

「別室で、パーティープランナーと話し合いながら食事をされています」

パーティープランナー。

毎日パーティーと言っていた彼女の台詞は嘘ではなかったようだ。

客人たちは一斉にため息をついた。


ヘビーな昼食が終わって一時間しか過ぎていないのに、午後のお茶の時間。

一体イギリス人は、一日にどれだけ紅茶を飲むのだろう。しかも、殆《ほとん》どがミルクティーだ。

理央は紅茶でタプタプ揺れる腹を押さえ、消化を助けようと広大な庭を散歩する。

彼の後ろには、もちろんルシエルが付いてきている。

だが彼も腹一杯過ぎて口を動かすのが億劫《おっくう》なのだろう。黙々と歩いていた。


湖があり、白鳥と黒鳥が戯《たわむ》れ、馬が放牧され、小鳥たちがさえずる。

おとぎの国に迷い込んだような、素晴らしい空間だ。

理央は今だけはゲイ疑惑を忘れ、清々しい空気を胸一杯に吸い込む。

「ロンドン観光をしなくても、ここだけで十分のような気がする。癒《いや》される。気持ちいい」

理央は無造作に置かれているベンチに腰を下ろし、木漏《こも》れ日に目を細めた。

「殿下がそうおっしゃるなら、それでいいかと」

「うん。今回は外交じゃなく、友達の母親に遊びにおいでと言われただけた。だから、遊びに来た。それでいい」

理央はそう言って、自分の隣を勢いよく叩く。

ルシエルに、隣に座れと言っているのだが、彼は首を左右に振った。

「車の音が聞こえた。あれは安い車のエンジン音で、運転が粗暴《そぼう》。ずいぶんと分かりやすい、ワーキングクラスです」

「ルシエル……」

「はい」

「凄いな。マンガの主人公みたいだ」

「それぐらいすぐに分かります。……どうやら、予定よりも早く『主役』が登場したようです。これからが楽しみです」

「俺は、実はあんまり賛成できないけど……みんなで決めたことだから従う。ルシエルも、危険だと思ったらすぐに逃げろ。この場合、逃げるのは恥じゃない」

　理央は、立っているルシエルに手を伸ばして、彼の手をそっと握りしめる。

「安心なさい。私が、あなたに心配をかけるはずがない」

　ルシエルは理央の手を握り返して微笑む。

「そうだったな。いつも、俺の早とちりだ。俺はルシエルをちゃんと信じないと。……いや、信じている。でもな」

　ルシエルは笑みを浮かべて腕を引く。

　理央は釣り針にかかった魚のように、ルシエルの腕に収まった。

「愛故《ゆえ》の不信は、理解できます」

「……いつもみたいにまじめな顔で、作戦を遂行《すいこう》するのか？」

「ええ」

「リチャードにまでさせるとは」

「彼は『働く場』が出来て、むしろ喜んでいます。それに、彼がパパラッチを引き寄せなければ、こんな事態にはならなかった」

ああそうでした。あの「パパラッチヘリ」は、イギリス貴族のスキャンダルを激写しようとしたものでした。

理央は「じゃあ働いてもらうか」と呟き、ルシエルに笑いかける。

そのとき、理央の目の前に乳牛柄の物体が数匹現れた。

「猫がいる」

理央はすぐさましゃがみ込み、手を伸ばして「ちっちっち」と猫を呼ぶ。

猫は全部で三匹。みんな乳牛柄で、賢《かしこ》そうな琥珀色《こはくいろ》の瞳を理央に向けた。彼らは理央の指先の匂《にお》いを嗅ぎ、何度か舌で味見をすると、のしのしと歩いていく。

「野良猫にしては……人なつこいよな。逃げない」

「あれは厩舎《きゅうしゃ》で飼っている猫で、ジャックラッセルと一緒に、害獣《がいじゅう》の駆除《くじょ》をしているんです」

「ルシエルさん。ジャックラッセルとは、もしかして犬じゃないですか?」

「もしかしてではなく、れっきとした犬です」

「ルシエルさん。俺は今、ダイヤー邸の厩舎を見てみたいと思っています」

「馬を借りて、乗馬をなさるおつもりか?」

「できればしてみたいです」

愛馬アレックスに慣れ、自分の思うさま駆ることができるようになった理央は、乗馬に自信がついてきた。

それに、他の馬もいろいろ見てみたかった。ダイヤー公爵の持ち馬なら、さぞかし素晴らしい馬がたくさんいるに違いない。

理央は瞳を輝かせ、ルシエルを見上げた。

「温厚《おんこう》な馬が何頭がいたはず。……リチャードの承諾《しょうだく》を得たあと、遠乗りでも如何か？」

「賛成っ！」

理央は嬉しそうに目を細め、ルシエルの体をぎゅっと抱き締めた。


厩舎は、屋敷から歩いて十分ほどのところにあった。

馬の世話や広大な私有地管理の使用人専用宿舎が、少し離れたところにある。

厩舎の前では、獣医と調教師が茶を飲みながら今後の予定を話し合っていた。

リチャードは彼らに挨拶をして、友人たちを厩舎の中に入れる。

すると、中にいた馬たちが一斉にこっちに顔を向けた。

馬は好奇心の強い生き物だと知っていても、訓練されているようなその動作に驚いてしまう。

「好きな馬を選んでくれ。ただし、後ろ足にボールをぶら下げている馬はやめてくれ。調教途中だ」

「蹴り癖があるのか」

ルシエルの呟きに、リチャードは軽く頷いた。

「これだけたくさんいると、圧倒される」

理央は、自分の顔をじっと見つめている栗毛《くりげ》の馬に手を伸ばし、鼻先をそっと撫でてやる。

栗毛色の馬は大人しく撫でられていた。

「俺はこの馬にしよう。噛まれない」

理央が言っている後ろで、ジョーンシーが葦毛《あしげ》の馬に腕を噛まれて悲鳴を上げている。

「ジョーンシー、その馬は父しか乗せない。別の馬にしろ」

「だって、王子様の乗る馬みたいで綺麗じゃないか！　素晴らしい毛並みだよ」

馬は、いや動物というものは褒め言葉を理解する。正確には、言葉の持つ雰囲気を察する。

葦毛の馬はすぐにジョーンシーから口を離し、偉そうに鼻を鳴らした。

ずいぶんとプライドの高い馬のようだ。

ジョーンシーは仕方なく諦めて、額に白い星を持った大人しい黒馬を選ぶ。

オリヴィエは、自分がこれと決めた三本ソックスの馬に爆走し、馬の首に両手を回してずっと愛を囁いている。

馬は筒《つつ》のような耳をオリヴィエに傾け、うっとりと聞いていた。

「おいアムール星人。うちの可愛い雌馬《めすうま》を妊娠《にんしん》させるな」

リチャードの嫌みは、今日はなんとなく優しい。

みんなに笑いを与えている。

いつもは騒がしいオリヴィエも、馬が傍《かたわ》らにいるせいか大声で抗議しなかった。


秋になると、日が落ちるのが早くなる。

それは日本の比ではないと、理央はつくづく思う。

夕日を愛《め》でる暇もなく、すとんと落ちるように太陽が沈むのだ。

「帰りは真っ暗だと思う。私道しかないから車と接触をすることはないが、迷子の牛や馬、羊に気を付けろ」

まだぼんやりと明るい中、リチャードは鞍《くら》に電池式の小さなランタンをくりつけた。

馬たちの足下で、調教師から預かったボーダーコリーのクロエが嬉しそうに走り回っている。

「乗馬で腹ごなしはいい考えだよね。なかなかハードなスポーツだもの」

ジョーンシーが慣れた手綱捌《たづなさば》きで馬を操《あやつ》る。

「それだけじゃないだろう。僕ね、新しい図書室の整理係を見たよ。キンバリーにハウスルールを習ってた」

オリヴィエはジョーンシーの隣に並び、ふふんと胸を張った。

「なんだ？　大して走らないうちに馬上会議か？」

その場に立ち止まっているのは馬が気の毒だと、ルシエルは馬を歩かせ始めた。

理央が頑張って、その後に続く。

「可愛いなあ、あれ。母鳥に必死についていくヒナって感じだ」

「オリヴィエ。くだらないことを言っている暇があったら、さっさとルシエルを追いかけろ」

リチャードが愛馬を歩かせる。

オリヴィエとジョーンシーは「はーい」と生徒のように返事をした。

新しく図書室の整理係となったルイス・アンダーソンです。

ルイスはキンバリーに連れられ、使用人がずらりと並んだ玄関ホールでそう自己紹介した。

肩幅が狭く、ひょろりと背の高い彼は暢気に構えていて、どこかキリンに似ていた。

こういう草食系の雰囲気をもっている人間は、敵意を向けられにくい。

ルイスは外見で、今までずいぶんと得をしていた。

「旦那様は狩猟《しゅりょう》で明日まで留守ですので、わたくしが代わりに挨拶しますわ。ミスター・アンダーソン。初版本や限定本の整理が追いつかなくて困っていたの。目録を作り、整頓し、保存状態を確認して。修理が必要な本があったら、すぐにキンバリーに言ってくださいね。とにかく、ダイヤー邸のことならキンバリーよ。お仕事頑張ってね」

そこへ公爵夫人が突然現れ、気さくに挨拶をしてきたものだからルイスはびっくりした。

実際にアッパークラスの人間と接したことのないルイスの知識は、他の庶民と同じ、映画やドラマだ。

ダイヤー家の使用人たちは慣れているのか、「奥様ったら」と慈愛の目で夫人を見る。

執事キンバリーは軽く咳払《せきばら》いして、困惑した顔で夫人を見た。

「新しい使用人の顔は、ちゃんと覚えておかなくては。そうでしょう」

「では、もうよろしいですね。十分ごらんになったはずです」

「キンバリーは厳しくていけないわ」

夫人は肩を竦《すく》めてそう言うと、すたすたとその場から立ち去る。

「ではアンダーソン君、まずは君を部屋へ案内しよう。荷物はそれだけかね？」

小振りのトランク一つとボストンバッグを見て、キリバリーが尋ねた。

「仕事用の制服が、支給されるんですよね？」

ルイスは、使用人たちの可愛いメイド服や清潔感溢れるスーツ姿を一瞥《いちべつ》して、問い返す。

「もちろんだ。君の部屋に用意してある」

「ありがとうございます」

美しい邸内、少し変わった夫人、大勢の使用人たち。特に女性は、可愛い娘が揃っている。

もしかしたら、領地に住む娘たちは公爵家で行儀《ぎょうぎ》見習いをしているのかもしれない。

ゴシップ写真の報奨金と可愛い使用人に目のくらんでいたルイスは、先を行くキンバリーのあとをスキップする勢いで追いかけた。

荷物が少ないって？　ああそうさ。だって俺は、こんなところに長居をするつもりなんて、毛頭《もうとう》無いんだ。金になる写真を撮りまくって、それでおさらばさ。

思わず笑みがこぼれる。

だが彼は、笑い出さないよう気を付けた。

今は邸内の連中に、「ルイス・アンダーソンは大人しくて無害な人間」ということを印象づけたかった。


日が暮れて、相手の顔が見えなくなっても、作戦会議は続いた。

オリヴィエの過激案を、ジョーンシーがもの凄い勢いで却下し、ルシエルが面倒くさそうに次の案を出す。

司会進行のリチャードは、時折「くだらん」「お前たちの頭に付いているのはカボチャか」と低く恐ろしい声で呟き、傍聴人《ぼうちょうにん》の理央を怖がらせた。

そしてようやく話がまとまったところで、ルシエルが携帯電話を取りだした。

「すぐにトマスに知らせる。先に厩舎に戻ってくれ」

そう言って、ルシエルは彼らから少し離れて携帯電話を操作する。

みんな、馬の鞍に括《くく》ってある電池式のランタンを使っているが、その明かりに煽《あお》られた友人たちは、ホラー映画の登場人物のようになっていた。

「なんだっけ、あれだ、ブレアウィッチ。一作目は面白かったよね、オリヴィエ。一緒に見に行ったもんねー？」

「一作目はね。うん一作目は面白かったよ」

「ふん。ホラー……特にゴシックホラーはイングランドが最高」

いろんな意味で本場だからね。

馬上で威張《いば》るリチャードに、友人たちは心の中でこっそり突っ込みを入れた。

「殿下はどうする？　僕たちと一緒に帰る？　それともルシエルと一緒に帰る？」

もしかして愚問《ぐもん》かもしれないと思いつつ、オリヴィエが尋ねる。

「俺はルシエルと一緒に行く。先に行っててくれ。追いつくから」

理央はそう言って、携帯電話をかけているルシエルを一瞥した。

「死亡フラグが立ったよ。『先に行っててくれ。追いつくから』と言った脇役が、追いついた試しがない。暗いから気を付けてね？　パーティーは憂鬱だけど、人脈を広げるいい機会だと思えば楽しくなる」

ジョーンシーは一言多い前向き宣言を口にして、リチャードとオリヴィエを「どう突っ込めばいいんだ」と唸らせた。

「はは。ルシエルが一緒だから、世界が滅びても俺が死ぬようなことはない。安心してくれ」

「殿下がそういう台詞を言うとはなあ。大人になったというか、ゲイに慣れたというか」

オリヴィエがしみじみ呟く。

「では、殿下はルシエルに任せて私たちは先に厩舎へ戻ろうか」

リチャードが馬首を返し、とことこと馬に任せて歩き出す。

「待ってよ、リチャード。僕たちはここが初めてなんだよ？」

「安心しろ、オリヴィエ。馬が帰り道をちゃんと覚えている。……ジョーンシーはちゃんと付いてきているのか？　返事をしろ」

「はーい。リチャードの後ろにいます」

「よろしい」

今のリチャードは、オリヴィエとジョーンシーの「ロッテンマイヤー」だ。

理央は、少しずつ遠くなっていく彼らの光を見つめ、小さく笑った。

「これでようやく二人きりです。大公殿下」

ルシエルが電話を終わらせて、理央に近づいてくる。

「実はこの先の湖に、ボートハウスが存在するのです」

「はあ」

「大公殿下は長い間馬に乗って、少々お疲れのご様子。下馬《げば》して休憩すると言うことでよろしいか？」

なんだよそれ。

淡々《たんたん》と冷静に言い訳を口にするルシエルに、理央は苦笑した。

「いかがされる？」

「行きます。……だって、人様《ひとさま》の屋敷じゃ……その……」

その先は、是非とも察してくれ。

理央は恥ずかしそうに顔を背《そむ》けた。

反対に、ルシエルは嬉しそうに笑った。


ボートハウスというよりは、狩猟小屋といった方がいい。

理央は一足先にボートハウスに入り、ここまで電気が通じているかを確認した。

だが、テーブルの上に置かれているのは大きなランプだ。

ランタンで照らすと、油がたっぷり入っているのが分かる。

理央は、乗馬ジャケットの中から折りたたみの携帯マッチを取りだして、ランプの芯《しん》に火をつけた。

いっきに部屋が明るくなる。

ロッジのように、丸太で作られた可愛らしい空間だ。向こうの扉の先はボート乗り場になっているのだろう。

芯の長さを調節したところで、ルシエルが入ってきた。

「実は、こういうものを調達しておきました」

ルシエルが持っているバッグは、彼の馬の鞍に括ってあった物だ。

てっきり応急処置に必要な物が入っていると思っていたが、中から出てきたのはエールが二本。そして、ハムと野菜のサンドウィッチ。

他にも、リンゴやブドウが出てきた。

「なんだよ。一体いつ用意したんだ？」

「厨房の女性にお願いした。彼女へ払った報酬は、手の甲にキス一つと甘い言葉をいくつか」

そして、その麗しい微笑はプライスレスだったんですね。

こんなバカバカしいことで、焼きもちなど妬《や》いていられない。

理央は苦笑を浮かべてエールの瓶《びん》を受け取った。

ラベルには、ロンドン・プライドと印刷してある。

江戸っ子風に訳すると「ロンドン魂」、スマートに訳すると「ロンドンの誇《ほこ》り」だろうか。

とにかく旨そうなペールエールだ。

理央はルシエルから栓《せん》抜きをもらって栓を抜くと、まずは一口飲んでみる。

すっきりしていて飲みやすい。少しぬるいが問題なかった。

「紅茶みたいな香りがするんだな。結構好きな味だ」

「向こうに椅子があります」

立ち飲み、立ち食いはするな。

二人きりになっても、ルシエルは躾けには厳しい。

理央は返事をせずに、エールと食べ物を両手に抱えて、湖が一望できるテラスに向かった。

満月だったらさぞかし美しいだろう。

だがハーフムーンでも、水面をキラキラと輝かせる月光は美しかった。

まるで妖精《ようせい》が飛び跳《は》ねているようだ。

理央は感嘆のため息をついてエールを飲み、続けてサンドウィッチを頬張る。

「オーデンに帰ったら、俺もボートハウスを造ろう。もちろん廃材《はいざい》利用だ。そうだなあ、設計図は誰に頼もうか。それとも、ネットで安いビルダーを探そうか……」

「設計ならハインリヒがいい。彼は趣味でさまざまな建物の設計図面を引いている」

「そうなんだ。じゃあ頼もうっ！」

理央は上機嫌で、イギリスにおける簡単な夕食を終えた。

そして、エール瓶を両手に持ったまま、こてんとルシエルの肩にもたれる。

ぷに。

唇にブドウが一粒押しつけられた。

理央はそれを口に入れて噛みしめる。

皮ごと食べられる品種なのだろう。種がないのもいい。

理央が「旨い」と呟くと、もう一粒、口に押し込まれる。

一緒に口の中に入ってきたルシエルの指をそっと噛んだ。

「こら」

ルシエルが笑う。

「痛かった？」

理央は体を起こし、ルシエルの顔を覗き込んだ。

「気持ちよかった」

「じゃあ、もっと囓《かじ》ってやろうか？」

「私ばかりがいい思いをするのは、不公平です」

そう言って、ルシエルは理央の顎《あご》を摑んでキスをする。

エールとブドウの混じった、甘くて少し苦い不思議な味のキスだ。

「俺、ルシエルと二人きりでいると、節操《せっそう》がなくなりそうで怖い」

「私はそこまでいやらしくありません」

「嘘つき」

理央はエールの瓶を床に置く。乗馬ジャケットを脱いで、ベンチの背もたれに引っかける。

ルシエルも、理央と同じことをした。

乗馬ブーツも脱いで、ベンチの脇に寄せる。

「ルシエル……。こんなところを写真に撮られたら、疑惑じゃ済まなくなる」

「ではそのときは、カケオチというものを選択されるがいい。私はどこまでも、あなたと共にある」

なんて綺麗なんだろう。

ルシエルのプラチナブロンドに月光が降り注ぐ。

理央は両手でルシエルの頬を包み、「その気持ちだけでいい」と呟いた。

駆け落ちなど、本当は出来るはずがない。

二人の関係が露見《ろけん》しても、公務はおろそかに出来ないのだ。

「王室の好感度は最悪だろうな。……外交も大変だろうな」

「そんなに悲観されてどうする。もっと堂々としていなさい。『どんと来いゲイ』という態度です。よろしいか？」

「は、はい。了解。よろしいです」

「大公殿下は、アルコールが入るとずいぶんナーバスになる。気を付けなければ」

飲んでも飲まれるな、ですね。はい。

理央は素直に頷いて、「キスはもう終わり？」と無邪気な問いかけをする。

ルシエルは、彼にしては珍しくしょっぱい表情を浮かべた。

「え？」

「まったく。ぐずっていたかと思うとねだる」

「……ごめんなさい」

「宿泊先で、私の理性を試《ため》すようなことはなさるな」

「でも、ここに来たのって……」

「うるさい連中に、あなたとの語らいを絶対に邪魔されたくなかったからです」

「そんなまじめな理由なのか……はあ、そうですか。ごめん……俺は一人でエロいこと考えてた。きっとアルコールのせいだ。いっそ禁酒《きんしゅ》しよう」

なんのためにジャケットやブーツを脱いだのだと自分に問いかけながら、理央は首まで真っ赤にして俯く。

「しかし、あなたに誘っていただけるとは幸い」

ルシエルは理央の顔を覗き込んで、意地の悪い笑みを浮かべた。

「キスだけで終わるはずがない」

「ばか」

「だが、リオは俺に恋をしている」

「ルシエルだって、俺が凄く好きなくせに」

理央は負けじと言い返す。

「分かっているじゃないか」

ルシエルはひょいと理央を抱き上げ、自分の膝《ひざ》の上に乗せて向き合わせる。

二人は見つめ合い、どちらからともなく笑った。

「キス」

理央が囁く。

ルシエルは小さく頷いて、彼の唇に自分の唇を押しつけた。

ついばむようなキスを何度も繰り返し、それに飽きると口を開けて舌を絡《から》ませる。

酔《よ》っているせいか理央はえらく積極的で、ルシエルを喜ばせた。

「ん……っ……もっと」

「キスだけで終わらせる気か。ほら……万歳しなさい」

理央は言われるまま両手を上げ、タートルネックのカットソーを脱がしてもらう。

「はい。ルシエルも万歳だ」

「承知した」

ルシエルが両手を挙げる。理央は楽しそうに、ルシエルのカットソーを脱がした。

上半身裸になった二人の胸には、お揃いのペンダントが光っている。

「あ。……大事にしまっておくと言ってたのに」

「リオだけが付けていたら、お揃いにならない」

「そうだ。大事にしまっておくだけが愛じゃない」

理央はルシエルの筋肉質の胸に両手を押しつけた。

鍛えられた胸は硬く、なめらかだ。

「ルシエルも……その……」

俺に触ってくれと言えない理央を察し、ルシエルはそっと指を這わせる。

王族にしては鍛えている方だと思うが、空軍少佐には負けてしまう。

「柔らかくて気持ちがいい」

「ん」

触られて気持ちがいい。理央はそっと目を閉じ、ルシエルの指の動きに神経を集中させた。

指の腹で胸を撫でられ、淡《あわ》い色の乳首を摘《つま》まれる。

ぴくんと体が震えてしまうのは、嫌だからではなく、感じてしまうからだ。

ここがこんなに気持ちのいい場所だと今まで知らなかった。

ルシエルは理央の体をゆっくりと開き、敏感な生き物に変えていく。

「ん、ん……っ」

乳首を摘まれ、勃《た》ち上がらせられる。

ルシエルは体をかがめて、理央の乳首を片方口に含んだ。

そして、舌の上で転がすように嘗《な》め、味わい、わざと音を立てて強く吸う。

「ひゃ……っ……あ、あ……っ……それ……やだ……っ」

「嘘つき」

ルシエルの低い声。理央は痕《あと》が付くほど乳首を強く吸われて腰を捩《ねじ》った。気持ちよくて、刺激が強すぎて、それだけで達してしまいそうになる。乗馬パンツを汚してしまったら、クリーニングに出すときどんな言い訳をしていいか分からない。

クリーニングを頼まれたダイヤー家執事のキンバリーも、怪訝《けげん》な表情をするだろう。

「ルシエル……全部……脱がして……っ……服……汚すの、やだ……っ」

理央は震える指を下肢に持っていき、乗馬パンツのファスナーを下ろそうと努力する。

「ああ、俺が脱がしてやる」

ルシエルは理央の腰を摑んで、自分の隣に座らせる。そして彼は、理央の前に跪《ひざまず》いて乗馬パンツと下着を手際よく脱がした。

「こ、これ……は？」

全裸に靴下だけという姿の理央は、「間抜けだから」と呟いて靴下を脱ごうとするが、ルシエルがそれを許さなかった。

「もの凄く……猥褻《ひわい》な格好だと思う。そそられる」

「な……っ！」

理央は、涙目でルシエルを睨んだ。

「全部脱ぐよりもいやらしい。ちょっと待て……この格好でブーツを履《は》いたらどうだろう」

「それは立派な変態だと思うっ！　エログラビアのおねーちゃんじゃあるまいし、俺はそういう格好は、断固《だんこ》拒否しますっ！」

理央は猛ったままの股間《こかん》を両手で隠し、ルシエルに抗議した。

「それは残念だ。だが、いずれ……」

いずれなどない。

そう言おうとした理央は、目の前にしゃがんでいたルシエルに膝頭を摑まれ、乱暴に左右に広げられた。

「……っ！」

「そうやって、中途半端に隠している姿がもっともいやらしいと知っているか？」

「あ……」

「さあ、その手をどけて、俺に全部見せろ」

「う……っ」

ルシエルが股間を見つめているのが分かる。

大きく足を広げられたまま、理央は観念したように両手をそこから離した。

腹に着くほど勃起《ぼっき》した雄や、髪と同じ色の体毛、興奮して持ち上がった袋や、その下の後孔までもがさらされる。

理央は、淡い月明かりに恥ずかしい場所を照らされ、ルシエルの視姦《しかん》に耐《た》える。

「見られるだけでこんなに興奮して、蜜《みつ》を滴《したた》らせているなんて」

「あ……、ルシエル……なあ……」

「写真に撮られるならば、むしろこういう姿だろう？　股間をいやらしく濡らして、俺を誘っている姿。なんて恥ずかしい格好をしているんだろう、リオは」

ルシエルの低く優しい言葉で責《せ》められる。

彼は見ているだけで何もしないのに、理央の体はますます熱し、心拍数《しんぱくすう》が上がり、雄の先端はとろりと蜜を溢れさせた。

「見られて、言葉で嬲《なぶ》られて感じてしまったか？　ほら、足をもっと広げてベンチに乗せなさい。俺と繋がる場所をよく見せて」

理央は言われるまま、腰がずり落ちないように両手で踏ん張り、ベンチに足に乗せて大きく開いた。

「俺が欲しくてひくひく動いているのが可愛い」

ルシエルは指を使い、理央の雄の先端をくすぐるように愛撫する。

「ん、んん……っ……そこ……っ……」

もっと触れて欲しいのに、ルシエルの指は蜜をすくい上げただけでやめてしまった。

「まずは、指で慣らさなくては。ゆっくりと、一本入れるぞ」

「や……それじゃなく……っ……ルシエル……こっち……っ」

理央は必死に腰を突き出し、「ここ」と何度も呟く。

「もっとはっきり言わないと分からない」

「ルシエル……っ」

理央は切ない吐息をついて、欲望に濡れた目で恋人を見た。

「その可愛い唇で言って」

「い、弄《いじ》って……くれ」

「ん。それから?」

「いっぱい扱《しご》いて……っ……嘗めて、吸って……っ……俺をイかせてくれ……っ……」

くいと、顎を持ち上げられ、理央は喘《あえ》いだ。

「リオだけか?　気持ちよくなるのは」

「違う」

理央は首を左右に振って、言葉を続けた。

「ヘタだけれど……俺もルシエルを銜《くわ》えたい……っ……いっぱい嘗めて、吸って、ルシエルを感じたい……っ」

「合格だ。まずは、先に一度……イかせてやる」

ルシエルが股間に顔を近づける様子を理央は歓喜の表情で見つめる。

温かな口腔《こうこう》に含まれ、扱かれ、強く吸われる。

それだけで理央は、甘い悲鳴を上げて達した。

あれほどルシエルの口腔に精を放つのを嫌がっていた理央は、今は進んでお願いするまでになった。

理央は自分が慣れたのだと思っているが、すべてはルシエルの「調教」のたまものだ。

「あ、あ……っ……もう……離して……っ」

ルシエルは、達して半勃ちになった理央の雄を口の中で転がし、再び勃起するのを待っている。

「だめ……っ……だめだって……くすぐったいって……っ！」

これ以上愛撫を受けたら、トイレに行きたくなる。

理央は必死にもがき、やっとのことでルシエルから離れた。

「意地悪しない……っ！　……はやく俺に、ルシエルをくれ」

ルシエルはベンチに腰を下ろし、乗馬パンツのファスナーを下げ、中から自分の雄を出した。

「さあ、ちゃんと可愛がってやってくれ」

足を広げて挑発するルシエルの前に、理央はゆっくりと跪く。

そして、彼の股間に顔を埋めて勃起した雄を頬張った。

丁寧に嘗めて、唇で扱き、吸う。

自分がしてもらって気持ちのいいことを思い出しながら、理央は懸命に愛撫した。

ルシエルの、上擦《うわず》った声が聞こえる。

感じてくれているのが嬉しい。

理央は出来るだけ奥までルシエルを銜え、強く吸う。

そのとき、唾液を啜《すす》る音がやけに大きく響いた。

「今の……いいな。とてもいやらしい」

ルシエルの指が、理央の髪に絡まる。

まるで、主人に褒められた犬だ。ご褒美《ほうび》に頭を撫でてもらう。

そう思った途端、理央は興奮した。

ルシエルの雄に奉仕しながら右手を下ろし、指先で自分の雄を嬲る。

例《たと》えようのない背徳感《はいとくかん》と快感に体が満たされ、理央はルシエルの雄を銜えたまま低く喘いだ。

たまらなく気持ちがいい。

「ああ、悪い子だ。大公殿下ともあろう方が、従者の雄を口に銜えて悦《よろこ》ぶだけでなく、自分の雄まで弄っている」

ルシエルの冷ややかな声に両耳を犯《おか》される。

もっと言ってほしいと思ってしまうが、理央はさすがにそれは言えなかった。

「では、可愛らしくていやらしい大公殿下の口に、精を放って差し上げよう」

ルシエルは理央の髪を鷲摑《わしづか》み、乱暴に動かし出す。

理央は苦しさに眉を顰《ひそ》めるが抵抗しなかった。

それどころか、右手はずっと自分の雄を弄《もてあそ》んだままだ。

「……くぅ……っ……はっ」

ルシエルが低く呻き、息を詰める。

「全部、飲み込みなさい」

理央はルシエルに髪を引っ張られて、彼の股間から離れた。

涙目で苦しそうだが、口の中に放たれた物を嚥下《えんげ》する。

「あんまり……乱暴に……扱うと……っ」

口が自由になった途端、理央は悪態をつく。

ルシエルはそんな彼を愛しそうに見つめ、「あなたが可愛いからいけないのだ」と、責任を転嫁《てんか》した。

「ばか。ルシエルの……ばか。……でも好きだから悔しい」

「今度は時間をかけて、ゆっくり可愛がって差し上げよう。大公殿下は、フランス語はいつまでたってもヘタなのに、気持ちのいいことは覚えるのが早い」

「そ、それはそれ……これはこれ」

理央はそっぽを向くが、ふたたび軽々とルシエルに抱きかかえられ、膝に乗せられる。

今度は背中から抱き締められる格好だ。

「俺はそんなに軽くはないのに、毎回簡単に抱き上げられると傷つく」

「軍人は民間人と違う、そう思えばいい」

「でも、納得がいかないんだけど」

「はいはい。もう黙ろうか」

ルシエルの両手が脇から入り、するりと理央の胸を包んだ。

「この格好だと、何かと便利だ」

「便利って……っ！　ひゃっ……あ、あぁ……だめ……っ」

いきなり乳首を摘まれ、強く引っ張られる。

理央は「いやだ」と文句を言うが、ルシエルはやめようとしない。

執拗に撫でられ、摘んでは引っ張られると、理央は気持ちよくて切なくて泣きたくなる。

「だめ……、そこ……だめだ……っ……ルシエル……」

「なぜ？　息が上がってる」

「弄るだけじゃなくて……っ……」

「ん？」

「俺……早く……ルシエルが……欲しい……っ」

「俺はもっと可愛がっていたいのだけど」

「我慢できない……っ……ルシエルが欲しいよ……っ」

胸を揉《も》まれながら、理央は両手で自分の雄を扱《しご》き始めた。

ルシエルの、ごくりと喉《のど》を鳴らす音が聞こえる。

理央はルシエルに見せつけるように雄を扱き、甘い声を漏らす。

「リオ……」

「欲しい、欲しいよ……ルシエル……っ」

泣き声の混じったおねだり。

「仕方ないな」

そう呟くルシエルの声も上擦っている。

彼は理央を膝から下ろしてベンチに仰向《あおむ》けに寝かせ、背もたれがぶつかる左足を自分の肩にかけた。

「ちゃんと慣らしていないのに」

「優しくしてくれれば……大丈夫」

「そんなに欲しいか」

「ばか。……欲しいよ」

理央は悪態をつくが、後孔にルシエルの雄を押し立てられて「ああ」と期待の声を上げる。

ルシエルの雄が、ゆっくりと入ってくる。理央は体の力を抜いた。

何度やっても最初は慣れないが、それでも力を抜くことはようやく覚えた。

「もう少し、力を抜いて」

「もう……いっぱい……抜いてる……っ」

じわじわと体の中に入ってくるルシエルを感じ、理央はたまらず腰を動かす。

「あ、あ……っ……」

「繋がってからは、一緒に気持ちよくなると言っただろう？　リオ」

「……ごめん。……ルシエル、もう動いて」

早く動いて、肉壁の感じる場所を突き上げて欲しい。

理央はルシエルに両手を伸ばし、彼の体を引き寄せた。

「なんて我が儘なんだろう」

ルシエルは嬉しそうにそう呟いて、ゆっくりと動き出す。

「俺は……好きな奴にしか……っ……我が儘言わない、から……っ」

「では、俺の我が儘も聞いて貰《もら》おうか」

肉壁のいい場所をゆるゆると突き上げられて、理央が背を仰《の》け反らせて喘ぐ。

「な、に……？」

「後ろだけで、何度達せるか……試したい」

「……え？」

理央は素《す》に戻り、目を丸くする。

「他は……どこにも触ってくれないのか?」

「ああ」

ルシエルの返事に、理央は眉間に皺を寄せてもがいた。

「こら」

「無理だ。触ってもくれなくて、キスもなくて、後ろだけなんて……いやだ……っ」

理央は唇を尖らせて抗議する。

ルシエルはそれをじっと見つめ、一言「可愛い」と呟いた。

「な……」

「理央は反応がいちいち可愛いから、見ている俺は幸せだ」

「嘘っ！」

「さすがに、他人の敷地で際限なくセックスをするのは如何なものかと思う。背後の敵に気を配ることも出来ない」

ルシエルのバカバカっ！

理央は涙目で、ルシエルの肩にかぶりつく。

「俺はもう、ルシエルがロマンティストなのか、空気が読めないバカなのか分からないっ！」

「空気は読んでいる」

ルシエルは理央に肩を噛まれたまま、苦笑した。

「嘘だっ！　俺に変なことばっかりさせるし、靴下履いたままだし、恥ずかしいことばかり言って俺を困らせるし……っ！」

理央は怒鳴ったり噛んだりと忙しい。

「恥ずかしいことを言われて困る？　感じてしまうの間違いだろう？　リオ」

「また……そっちの路線で……っ」

「路線？　俺はいつも、ベッドの中ではこうだろう？　そしてリオは、私に苛められて悦んでいる」

「ちょっ！　その言い方だと、まるで俺は変態じゃないかっ！　苛められて悦ぶなんて、有り得ないっ！」

「実際そうなのだから仕方がない」

美しい月夜、鏡のような湖。恋人たちしかいないボートハウス。

いくらでもロマンティックな時間が過ごせるというのに、この二人は繋がったまま言い争いを始めた。

「俺はSMに興味なんてないぞっ！　普通が一番だ、普通がっ！」

「それを言う前に、俺たちの性別は同じだ」

「それはそれ、これはこれっ！」

理央は大きな声を出した勢いで、ルシエルの雄をきゅっと締め付ける。

「……口では悪態をついているくせに、体は俺に愛されたがっている。さて、どうやって苛めて上げようかリオ」

ルシエルは意地悪く微笑んで、理央の感じる場所を乱暴に突き上げた。

「は……っ……、ん……っ……」

「リオが後ろだけで達するときの顔は本当に気持ちよさそうで、見ているこっちはゾクゾクする」

「んぅ……っ……あ、ああ……っ……ああ、もっと……っ！」

「激しいのが欲しい？」

「欲しい……っ……ああ、ルシエル……っ……」

こうなったら、もう彼らは余計なことは言わない。

理央も悪態をつかずに、素直な言葉を口にしてルシエルを悦ばせる。

ルシエルもまた、理央にさらなる快感を与えようと動いた。

「も……イく……っ……イッていい……？　ルシエル……俺……イッていい……？」

自分をこんなに感じさせてくれているのは彼だからと、理央はルシエルに願う。

「ああ。俺に、その可愛い顔を見せてごらん」

ルシエルが、理央のために動く。

理央が、ルシエルのために悶える。

そして理央は、ルシエルに見下ろされながら達した。

ルシエルはやや遅れて達する。

「なんか……」

そこまで言って、理央は口を閉ざしてそっぽを向く。

「ん？　どうした？」

ルシエルはそっと理央の中から出て、乗馬パンツのポケットからハンカチを取り出した。

理央の後始末をしてやりながら「言いたいことがあるのなら言いなさい」と呟く。

「気持ちよかった」

「当然だ」

「……そういう意味じゃなく。言葉にしづらいんだけど……いつもとちょっと違ってて」

「やはり全裸にソックスはいい」

「知らない場所でやったからかなあ」

理央はルシエルの問題発言をさらりと無視し、ルシエルの肩越しに月を見た。

「これが夏なら、湖に飛び込めばいいのだが」

ヨーロッパの、特にイギリスの夏は短い。

秋になった途端に、急に寒くなる。

現に理央も、ことが済んだら急に寒く感じた。

「そんなに丁寧に拭かなくてもいい。……屋敷に帰って、すぐに風呂に入れば済むことだし」

それに、こんなに帰りが遅ければ友人たちは察して、彼らにわざわざ声をかけたりしないだろう。

理央は小さなくしゃみをして、ベンチにかけていたカットソーを掴んで着込む。

「リオには寒いか」

「鍛えられた軍人じゃありませんから」

「では、早く屋敷に戻って風呂に入り、キンバリーに紅茶を用意させよう」

「うん」

「そして今夜は、一緒に寝る」

「え？」

「殿下は今さっき、くしゃみをされた。夜中に突然体調が崩《くず》れでもしたら大変だ」

ルシエルはまじめな顔で言うが、理央はいぶかしげな表情で見つめ返す。

「いくら私でも、病人に手を出す趣味はない。それを疑う殿下は如何なものかと」

この場でいきなり敬語ですか。いきなり公の場ですか。

理央は心の中でこっそり呟き、「すみませんでした」と謝る。

「分かればよろしい。……では」

ルシエルが言葉を続けようとしたとき、彼の携帯電話の着信音が鳴った。

液晶画面に「皇太后」と文字が浮かんだ。

己《おのれ》の持っている技術を総動員して馬を駆り、理央とルシエルはダイヤー邸に戻った。

服装が多少乱れているが、この場合は仕方がない。

彼らの到着を待っていたキンバリーは、もっとも重要な来客に使用する部屋へと案内した。

そして、特別室の扉が開かれる。

「リオ！　ルシエルっ！　ちゃっかりわたくしも来てしまったわっ！」

両手を広げて彼らを迎えたのは、理央の祖母であり、オーデン王国皇太后のキャサリンだ。

その向こうでは、今までずっと相手をさせられていたらしい友人たちが、複雑な表情で手を振っている。

「お祖母さまっ！　いきなりではありませんか。護衛《ごえい》は？　ちゃんと連れてきたんでしょうね？」

「お忍《しの》びですからね。一人で来ちゃったわ」

有り得ない。

今頃王宮がどうなっているのか、理央は想像したくなかった。

「お世辞《せじ》にも平和とは言えない昨今に、それは少々無謀《むぼう》ではありませんか」

「だからルシエル、あなたがわたくしの護衛よ。……ウォーリック少佐、ただいまからわたくしの護衛となることを命じます」

軍人として素晴らしいルシエルを護衛にするのは正当だ。

そしてルシエルは、身分的にも階級的にも、皇太后の前に膝を折るしかない。

「護衛と言っても、四六時中傍にいろとは言わないから安心して。護身術ならリオも出来るし。アイキだったかしら？」

「……はい」

リオはしょっぱい顔で頷いた。

「もうね、ローザから素晴らしいお話を聞いてしまったら、居《い》ても立ってもいられなくなって、つい来てしまったわっ！　ああ、もちろん税金の無駄遣いはなしよ？　十年ぶりぐらいに、電車に乗りました」

ルシエルと理央の目が、これ以上ないくらい見開かれた。

一国の皇太后が、庶民に混じって普通の電車に乗るなんてっ！

「……私は、目眩《めまい》がしそうです」

「安心しろルシエル。俺もだ」

彼らは揃ってため息をつく。

「あ。では着替えは？　身の周りの物は？」

女性は男と違って、お出かけに大事な物が多い。小さくて軽そうに見えるバッグも、実は凶器になるほど重いことがある。

リオは、日本にいた頃よく姉の「凶器」で頭を殴られたことを思い出しながら尋ねた。

「これ一つで来たわ。着替えなどは、明日届くはずよ」

皇太后はルナンのハンドバッグを持ち上げて見せる。

「あなたたちのお見合いパーティーなんて、凄く楽しそうじゃない？　本当ならヨーコも来るはずだったんだけど、彼女、ジェームズを抱えたときにぎっくり腰になっちゃって、病院で寝てるわ」

不幸中の幸いと言っていいのか悪いのか。

理央は「母さんてば……」と低く呟いて、海のように深いため息をついた。

「キャサリンにも喜んでいただけて嬉しいわ。明日の夜から行うパーティーには、記者や有名人も大勢呼びましたの。良縁を求めても出会いが少なくて悩んでいる良家の子女令息のために、わたくしはこのパーティーを慈善事業にしたいと思っています」

実際、悩んでいるのは子女令息の親だろう。

自分の子供が、どこの馬の骨とも分からない相手と付き合ってトラブルに巻き込まれたら大変だと、そう思っているのだ。

「つまり……その、会費制、なんですか?」

オリヴィエがおずおずと手を伸ばし、公爵夫人に尋ねる。

「そうよ。ただし、あなた方は今回のパーティーの主役なので気になさらないで」

そりゃそうだ。

いきなり招待状を送られて、勝手に「嫁を見つけてやる」と言われて、挙げ句の果てにバカ高そうな会費まで取られたら踏んだり蹴ったりだ。

「これなら、みんなはすぐにリオとルシエルの不愉快な記事を忘れてくれるわね」

キャサリンの言葉に、渦中の二人は体を強ばらせた。

「本当にねえ、王室執務室にも、たくさんのクレームや問い合わせがきて、大変な状態よ。その殆どが『あのゴシップ紙はけしからん』『我らの大公殿下に、汚い手で触るな』という、素晴らしいコメント付きだったわ」

理央は何度も思う。

王室の好感度が高くて良かったと。

「だからキャサリンは、招待した記者の数を増やしたのね?」

「ええローザ。オーデンの記者も大勢呼んだわ」

「参加名簿をウェブサイトにアップしておいてよかったわ。BBSがあやうく炎上しかけたけれど、キンバリーが見事消火してくれたの。美男美女の人気投票は、いつでもどこでもヒートアップするのね」

公爵夫人と皇太后は、少女のようにはしゃいでいる。

「プロムキングとクイーンを決めるわけじゃあるまいし……」

「プロム？　あの、アメリカのハイスクール最後のバカ騒ぎのことか？」

ジョーンシーの呟きに、リチャードが冷ややかに言い放つ。

「イギリスにはないんですかね？　プロム」

「プロムはある。だがイギリスのプロムはクラシックコンサートのことだ」

「俺知ってるっ！　日本にいた頃衛星放送で見たっ！　すっごいお祭りコンサート！」

理央は思わず口を挟《はさ》んだ。

クラシック音楽に門外漢《もんがいかん》の理央でも、プロムスは見ていても楽しかった。みんなそれぞれ好き勝手な仮装をし、手には小さな国旗を持ち、オーケストラに合わせて合唱するのだ。

「通しでチケットを取れるといいのだが、なかなか難しい。……が、来年のプロムスには殿下を招待しよう。そして高らかに、『ルール・ブリタニア』を歌おうではないか」

うっとりと呟くリチャードへ、今度はオリヴィエが口を挟んだ。

「『ルール・ブリタニア』は、イギリス最高、俺たちは現在過去未来、誰にも支配されないぜ。イヤッフー……っていう歌詞じゃないか。なんだかなー」

そんな強気の歌詞なんですか、逆に言い切っちゃうところが凄いです。

理央は微妙な顔をして、ルシエルと顔を見合わせた。

「とにかく、わたくしの美しい宝石たち……明日から煌《きら》びやかに着飾ってちょうだいね？　生物の中で人間だけなんじゃなくて？　女性の方が煌びやかで美しいのは」

そう言われればそうだ。

動物は雄の方が角やたてがみ、体の模様が鮮《あざ》やかで美しい。

鳥類はもっと分かりやすい。どの種類も雄の方が派手だ。

理央は、友人たちと一緒に孔雀《くじゃく》の羽を背中に付けてパーティーに出席している自分を想像して苦笑する。

きっと、ルシエルとオリヴィエは問答無用で似合うに違いない。

「わたしの可愛い孫と、王族の息子。二人とも、最高に美しいお嬢さんを手に入れなさい。国民が固唾《かたず》を呑《の》んで見守っているわ。あなたたちの、女性の趣味がいいことを、このキャサリンは心から願っています」

皇太后はそう言って微笑むと、「寝ようかしら」と言って席を立った。

公爵夫人も後に続く。

残されたのは、強制参加の青年たちだけだ。

「なぜ……皇太后が」

ルシエルはその場に膝をつき、しかめっ面で携帯電話を操作する。

「もの凄い行事になってるね。僕のところも、ママから電話が来たんだ」

「デカイ声で怒鳴ってたよね。『ステファニーとの婚約はどうするのっ！　ママはあの子が大好きなのよっ！』って」

「勘弁《かんべん》してよ、オリヴィエ。思い出したくない」

ジョーンシーは、彼女と母と交互に電話で話し合い、今回の行事は自分は添《そ》え物に過ぎないことを強調した。

一応はそれで事が収まった。

「アメリカ人は大げさだな」

「リチャードが冷静すぎるんだと思う。どうしてイギリス人ってのは、何をするにも冷静なんだ？」

「人前で取り乱すことこそが恥だ」

「猫みたいだ」

理央が何気なく呟いた一言に、リチャードの額にショックの縦線が入った。

「で、殿下……せめてライオンと言ってほしい。猫科最大の生物だ」

「ほら、猫ってずっこけたりどこからか落ちたあと、『私は何もしてません』って顔で知らんぷりを決めるじゃないか。だからそういうところが……可愛いなあ、と」

「か、可愛いなどと……っ。私は失礼する」

リチャードはしかめっ面で席を立ち、特別室から出て行った。

「わお。殿下があのリチャードを初めて動揺させた。そうかなるほど、リチャードは、ああいう思考と口調の女性に弱いのか。この僕が、そういうお嬢さんを見つけ出してやろう」

自分は見合いパーティーのオブザーバーと決め込んだジョーンシーは、善意の笑顔を浮かべる。

しかしオリヴィエに「計画の遂行を妨《さまた》げるなよ」と釘を刺された。

「トマス。もし貴様がここにいたら銃殺刑ものだぞ。では、引き続き情報収《しゅう》集《しゅう》をするように」

ブツブツとトマスと電話で話をしていたルシエルは、物騒《ぶっそう》な言葉を呟いて電話を切った。

「あまりトマスを苛めてやるな、ルシィ。彼は仕事が忙しくて、ハインリヒとも逢《あ》えない状態が続いているんだから」

アムール星人が慈愛の眼差しでルシエルを見る。

「分かっている。だが、言わずにはいられなかった」

ルシエルの呟きに、理央のくしゃみが重なった。

「そうだ。大公殿下が風邪をひいてはいけない。私はすぐに、殿下を部屋へ連れて行く」

「え？　え……？　おいルシエルっ！」

ルシエルは理央を横抱きにして部屋から出た。

しばらくして、使用人たちの「きゃあーん」という黄色い悲鳴が聞こえてくる。

「風邪を引かせるようなことをしたのはルシエルなのに」

「冷静なくせに、意外と野獣なんだよルシィは。そのギャップがたまらないのさ」

楽しそうに語るオリヴィエに、ジョーンシーが適当に頷いた。

とにかく、到着したばかりだというのに今日は騒がしい。

「僕たちも寝よう、オリヴィエ」

「静かに、ジョーンシー」

オリヴィエは眉間に皺を寄せ、半開きになった扉の向こうを指さす。

そこには、お仕着《しき》せのスーツ姿の青年が、廊下に何かを設置していた。

こちらに背を向けているので、顔までは分からない。

だがしかし。

ジョーンシーとオリヴィエは顔を見合わせ、目で合図する。

「さーて、オリヴィエっ！　ここにチェス盤がある。僕と一勝負しないか？」

彼は陽気な声を上げ、スーツの胸ポケットから万年筆を取り出す。そして、テーブルに置かれていた紙ナプキンに文字を書く。

『あれは、「ゲームの主役」だろ⁉』

オリヴィエも「受けて立とう！」と大声を出し、ペンを取る。

『十中八九そうだろう。あれはカメラか盗聴器に違いない』


しゃべりながらまったく違うことを書くのは難しいが、彼らは見事に続ける。

途中で何度も視線を感じた。

中途半端に開いた扉は、「彼」にとってとても気になる物だったようだ。

すると彼は、「ここで何をしているの？」と使用人の女性に呼び止められる。

ジョーンシーとオリヴィエは、耳を澄まして会話を聞いた。

「ルイス、ここで何をしているの？　あなたの職場は図書室だから、ここには用がないはずよ？」

「ごめん。美しい装飾品がたくさんあるなあと、眺めながら歩いていたらここまで来てしまった。さっき、軍人みたいな紳士が子供を抱えて大急ぎで部屋から出てきてびっくりしたよ」

「ああ、ルシエル様とリオ殿下ね。殿下の具合が悪いらしくて、ルシエル様が看病しているの」

「そうなんだ。私はまた、ゲイ疑惑は本物なのかと思ってびっくりしたよ」

「あらあら。言葉を慎んで、ルイス。あのお二人はリチャード様の大事なお友達なの。そして私たちは使用人。上流階級の人間のプライベートは無視する決まりよ」

「あ、ああ、そうか。……うん、じゃあマイラ。僕の部屋まで送ってくれるかい？　迷子になったようだ」

マイラは「仕方のない人」と笑い、ルイスを連れて一緒に階段を下りていった。

「なんだあれは」

「使用人同士で恋が芽生えそうな雰囲気だったぞ？」

「青春ドラマっぽいね。……ところで、設置されてるらしき装置はどうする？　もし隠しカメラだったら、僕たちの顔も映っちゃうよ。映像が流されちゃうよ」

「ふむ。こういうことは、ルシエルだ。軍人には、こういうときに働いてもらおう」

オリヴィエは勢いよく立ち上がる。

だがジョーンシーがしょっぱい表情を浮かべて、首を左右に振った。

「殿下とルシエルが何かしている最中に、押しかけるのか？　僕は嫌だよ。殿下が可哀相だし、見たくないっ！」

ジョーンシーは「何を」見たくないのかは言わずに力説した。

「はいはーい。分かってるよ。でもね、ジョーンシー。いくらあの恐ろしい、デスサイズと言われているルシエルでも、風邪気味の殿下を襲ったりするかい？　それをやったら、彼は鬼畜

だよ?」

「それは……まあ、そうだけど」

「でしょう? とにかくルシエルが持ってきた工具が今すぐ必要なんだ。彼のもとへ行こう」

オリヴィエはジョーンシーの手を掴み、その場から走り去った。


ダイヤー邸は、朝からとんでもない騒ぎになっていた。

しかもそこへ、狩猟旅行に行っていたダイヤー公爵が戻ってきたものだから大騒ぎだ。

「私のワイルドローズは、また何か楽しそうな催しを考えたようだね」

公爵はそう言って夫人を抱き締めて頬にキスをし、獲物をすべてシェフに渡して感嘆させた。

「リチャードとお友達のために、素晴らしい出会いの場を作っているの。あなたが以前言っていたことを実行に移してみたのよ。いかがかしら?」

ガーデンパーティーの会場は、白いレースに白いテーブル、白い花、スカイブルーのリボン、銀の食器など、まるで結婚パーティーをするようだ。

「ああ、もしかして……私がお前の年には、素晴らしい妻と愛らしい子供がいたぞと、言っていたあれかい?」

「ご名答。さすがはあなた。……あなたのお帰りと同時にパーティーを始めようと、ずっと思っていたの」

「では、私の獲物は役に立ったわけだ」

公爵は柔らかな黒髪を掻《か》き上げ、愛しそうに我が妻を見つめた。

執事キンバリーに「旦那様がお戻りです。ご挨拶を」と言われた客人たちが、エントランスに向かう。本来ならサロンで公爵を迎えるべきなのだが、一階の部屋の殆どはパーティー客の控え室や宿泊室になっていたので仕方ない。

「リチャードに瓜《うり》二つ。そっくりだ。違うのは年齢だけ。いやあ、いい男だなあ。所作《しょさ》が優雅で、さすがは公爵様だ」

感嘆するオリヴィエに、理央は首を上下に振る。

「性格はまったく違うみたいだけどね」

そう言ってくすくす笑うジョーンシーの頭を、後ろからリチャードが小突く。

「失礼な。私と父は、何もかも同じだ」

分かってないよこの人。

オリヴィエ以下三人は、ニヤニヤと笑ってリチャードを見つめる。

そこへ、大判のショールを両手に持って、ルシエルが現れた。

「殿下。そんな薄着で出歩くなど許しません」

薄着ではなく、ちゃんとしたディレクターズ・スーツなのだが、ルシエルはリオの体にショールを巻き付けた。

「ルシィ。せめて毛皮のマフラーにしたら？」

「私のものを貸してやろう。狐《きつね》と兎《うさぎ》と貂《てん》のどれがいい？」

オリヴィエは苦笑し、リチャードは仕方がないなと「メニュー」を並べる。

だが理央は、困惑した顔で首を左右に振った。

「気持ちは嬉しいが、これはルシエルが用意してくれた物だから」

理央は、ショールに顔を埋めて照れくさそうに笑う。

「だったらさ……こういうふうに巻いてあげなくちゃ」

さすがは芸術の国のアムール星人。

ショールの簀巻《すま》き状態だった理央は、オリヴィエの手で「紳士はショールをこう使う」とキャッチコピーがつくような姿になった。

「ほほう。日本では、こういう様を『マゴにもイショウ』と言うのだろう？」

よせばいいのにイギリス人は、理央の眉間に皺を刻むことわざを口にする。

「ルシエルは、そういうところは無頓着だよね。もっとおしゃれを覚えればいいのに」

ジョーンシーの呟きにオリヴィエが「まったくだ」と頷いた。

「そんなことはどうでもいい。さあ大公殿下、私がダイヤー公にあなたをご紹介します」

ルシエルは友《とも》の台詞を華麗にスルーして、理央の眉間に出来た皺を自分の指で伸ばす。

「……紹介？　俺が自分から話しかけちゃだめなのか？」

理央の呟きに、リチャードが「あり得ん！」と鋭く突っ込んだ。

そういうしきたりなら従うしかないと、理央はルシエルに連れられてダイヤー公爵のもとへ行く。

「ご無沙汰《ぶさた》しております、ダイヤー公爵」

「おお、ルシエルではないか。君のお父上とは、つい先日チャットで釣り談議をしたよ」

ルシエルは「そうですか」といつも通りの顔で、理央を前に出した。

「こちらは、オーデン王国シルヴァンサー大公リオ殿下です」

理央は公爵にクイーンズイングリッシュで「理央です」と挨拶する。

特訓に次ぐ特訓の末に覚えた理央の発音を聞き、ルシエルが小さく頷いた。

「おお、君がヘンリーの息子かっ！　会いたかったよ」

公爵は大きな手で理央の手を握りしめる。

「これからのパーティーは、君たちが主役だ。この地で素晴らしい出会いがあるといいね。好きなだけゆっくりしていってくれたまえ」

「ありがとうございます」

理央は笑みを浮かべて返事をした。

する。

理央の挨拶が終わるのを見計らって、リチャードが、オリヴィエとジョーンシーを父に紹介
「父上。彼らが……」

「圧倒される」

相手は、生まれたときから公爵の後嗣《こうし》として育てられ、公爵家を継いだ人間だ。

ずっと庶民として生活していたところに、数年前にいきなり「あなたは王子です」と言われ
た自分とは何もかもが違う。

理央は苦笑さえ浮かべる余裕がなかった。

「あなたは、これから数十年かけて、立派な大公になります」

「ありがとうルシエル」

「どういたしまして。……では早速、お薬を飲みましょうか」

「へ？」

ルシエルは、スーツのポットから、怪《あや》しげな錠剤の入った小瓶を取り出した。

「な、何……？」

理央は一歩後ずさる。

「顔が赤いです。……ああそうだ、熱も測《はか》らなければ」

「俺は元気だけど」

「あなた一人の体でないことをお忘れか？」

「でも、これからパーティーが始まるって……」

「主役というのは、遅れて出て行くもの」

自慢ではないが、理央はルシエルに口では勝てない。

「分かりました」

理央は小さく頷き、ルシエルに手を引かれて屋敷に入った。

途中ルシエルは、友人たちを一瞥する。

彼らもルシエルを一瞥し、ニヤリと笑って頷いた。

ルイスは朝から驚いていた。

自分の仕事は図書室の整理だから、それ以外のことはしなくていいのは知っている。

しかし、楽しそうな声が聞こえてくると気になった。

執事キンバリーが用意してくれたお仕着せのスーツは上等で、来客とすれ違っても惨めな思いをしなくて済むのが幸いだ。

この国のアッパークラスの人間は、外見や訛《なま》りで相手を判断する。そして、自分たちと同じ世界に属さないことを知った途端《とたん》、見向きもしないのだ。

「おばあちゃんは、昔よりずいぶん良くなったよと言ってたけど、俺はあんまり変わってないと思うな」

ルイスは独《ひと》り言を呟き、声が聞こえる方へと歩いていく。

二階には、ゴシップ紙を賑《にぎ》わせた王子や令息たちの部屋があるのに、上がれないのは悔しい。

彼らの部屋に盗聴器か隠しカメラをつけるためにはどうしたらいいかと、そればかり考える。

「ルイス、仕事は終わったの？」

パーティー用のお仕着せで働いていたマイラは、ルイスの姿を見て鼻に皺を寄せた。

「午前の仕事は終わったよ。……パーティーの支度かい？」

「ええ。でも立食《りっしょく》だから、セッティングが終わったら暇になるわ。会場の接客は私たちの仕事じゃないから。奥様が気を利《き》かせてくださったのよっ！　接客を業者に頼んだから、私たちは別のテントでゆっくり楽しみなさいって言ってくださったの。もう最高よ」

そう言えば、マイラの着ているワンピースもお仕着せにしてはずいぶん上等に見える。

これも、公爵夫人が用意したのだろうか。

「その服、可愛いね。水色がよく似合ってる」

「ありがとう。みんな同じだけどね。ほんと、ダイヤー家に来て良かったと思うわ。外見は中世だけど、配線配管はハイテク。どの部屋のバスルームも、蛇口《じゃぐち》をひねれば、水かお湯が出るのよ？　シャンデリアは電球だし、重い荷物運搬用のエレベーターもあるし！　何より、ご主人様と奥様がとても優しいの。ダイヤー家の使用人になるというのは、家政婦の夢よ。だって聞いてくれる？　酷いお屋敷がいっぱいあるのよ？　ミドルアッパーがアッパーの生活に憧《あこが》れたりするんだけど、家政婦をなんだと思ってるのかしらね！　配線配管工事をけちったら、大きなお屋敷なんてちゃんと住めないに決まってるし、それと……」

まずい。話が長い。

マイラは可愛いが、ルイスはここで長話をするより二階への行き方を探りたかった。

「あ、あのさ……そういえば、荷物用のエレベーターって？」

「一階の厨房裏よ。あそこは大きな勝手口があるから、外部の業者が出入りするの。奥様が最近、ソファの張り替えを始めたのよね。業者に一室提供して、そこで職人たちが布の張り替えをしているわ。さすがに今日はお休みだけど」

「張り替えか。買い換えじゃないんだね」

「十七世紀のアンティーク家具ですもの。……見たかったら見に行けば？　荷物用エレベーターの向かいの部屋だから迷わないよ。鍵はキンバリーさんに借りてね」

「うん。機会があったら」

「その部屋以外は立ち入り禁止よ。リチャード様のお客様の部屋だから。じゃあ私、仕事に戻るわ！　片付けが終わったら、図書室に呼びに行くね！」

マイラは言いたいことだけ言って、走り去った。

可愛いがおしゃべりがすぎる。

だが彼女は、その饒舌《じょうぜつ》でルイスに素晴らしい話をしてくれた。

「今がその機会ってわけだ。部屋に鍵がかかっていても、鍵ならすぐ作れるし」

それ以上は言えないとばかりに、ルイスは片手で口を押さえて、スキップをしながらエントランスへ向かう。

二階、三階への階段は、エントランスを通らないと上がれない。

これが平日だったら、使用人の誰かに咎《とが》められるだろうが、今日はパーティー。来客と接客業者でごった返しているはずだ。

そして彼らは色恋に夢中で、こっちなど眼中にない。

大丈夫。俺はやれる。そして、たんまりと金を受け取って……っ！

ルイスは心の中で両手の拳《こぶし》を振り上げ、「金持ちをカモにして何が悪い」と大いに叫んだ。


「大げさだ。俺はパーティーに行きたいっ！」

薬と言っても、理央が飲んだのはビタミン剤だった。

「……そうですね。もうそろそろ出てもいいでしょう」

ルシエルは意味深《しん》に呟き、理央の頭を優しくなでる。

彼の携帯電話から、着信メール音が鳴り響く。

「もしかして……『ゲーム』が始まったのか？」

「ええ。ですから、これから私たちが何をしても、殿下は驚かずに見守ってください」

「う、うん……」

理央は、うなずいたはいいが少々心配だ。

ルシエルはそんな理央の前で、携帯電話を操作した。

「私の大事な殿下を悩ませる輩《やから》は、決して許さない。……さあ、殿下はリチャードたちのところに戻りなさい」

「俺が手伝えることは？」

「がんばれと、励ますように」

偉そうな態度で呟くルシエルに、理央は笑顔で「がんばれ」と言った。


ルイスは堂々と二階に向かい、職人が使っている部屋は見向きもせずに理央が使っている部屋のドアノブを摑んだ。

やはり開かない。

ルイスは「当たり前だ」と頷き、ジャケットのポケットに手を突っ込んだ。中にはピッキングに必要な小さな工具が入っている。

以前、空き巣の常習犯を取材したときに貰ったものだ。簡単な開け方も教えてくれた。玄関扉のセキュリティーは厳しくても、部屋の鍵はたいていが単純なものだ。

ルイスは「使えない工具だなあ」と笑ったが、まさか使える機会がくるとは思わなかった。

「ほらな。アンティークな鍵は、単純でいい」

カチリと、ロックが外れた音がした。

それと同時に、突然扉が開く。

ルイスは首を傾げたが、古い屋敷にはよくあることだろうと思った。

「え……？」

だが、その考えは違った。

誰かが、扉を押したルイスの手首を掴んでいる。

やけに汚れた、気味の悪い発疹《はっしん》のある手だ。

ルイスは悲鳴を上げるのをかろうじて堪え、力任せに手前に引っ張る。

だが、手首を掴んでいる気味の悪い手はびくともしない。

それどころか、逆にものすごい力で引っ張られて部屋に連れ込まれた。

いったい誰がこんなことをと、ルイスは背後を確認しようとするが、それよりも先に灰色の布が彼の視界を遮った。

バランスを崩して床に転がる。

「この屋敷に関《かか》わってはならない」

年寄りとも子供とも取れる不思議で不気味な声が、頭上から聞こえる。

お化けなんていないさ……と、思うには住む国が悪かった。

そしてルイスの祖母は、とても迷信深い人だった。

『幽霊に関わっちゃいけないよ』

『奴らは仕返しするからね』
『奴らが好むのは、古い家だ。古い家では、人が大勢死んでいるからね』
ルイスは、祖母が生前呟いていた言葉を思い出す。
口の中がカラカラに乾《かわ》き、体からは嫌な汗が流れた。
どうやったらこの状況から抜け出すことができるか、それだけを必死に考える。
「何をしにきた……っ」
理由を言ったら殺されそうだ。
ルイスは首を左右に振って、「何も聞こえなーいっ！」と大声を上げる。
もう、ここで家人《かじん》に見つかってもいい。
「私の眠りを妨《さまた》げることは、決して許さぬ……」
しゃがれた声が途絶《とだ》えたと思ったら、突然首を絞《し》められた。
視界が灰色の布に覆われたまま首を絞められる恐怖に、ルイスは硬直《こうちょく》する。
人間は、本当に恐ろしいと声も出せず、に無抵抗なままだと、彼は初めて知った。
ヤバイ……、怖い……、もうだめ……。
ルイスの意識は徐々《じょじょ》に朦朧《もうろう》とし……そして彼は、白い闇《やみ》に落ちていった。

気がつくと、職人たちがソファの張り替えをする部屋にいた。

ルイスは、自分の首と胴がつながっていることを確認して神に感謝する。

だがすぐに、その感謝は怒りに変わった。

「……幽霊だと？　幽霊だとっ！　畜生《ちくしょう》……っ！」

彼は両手に拳を作り、床《ゆか》を叩く。

だが、自分の手首を握りしめていた指の痕を見つけた途端、情けない悲鳴を上げた。

「ま、負けるもんか……っ！　幽霊はいるかもしれない。そう、こんな古い屋敷にはね。だが、ここではないっ！　俺が見たのは幻覚《げんかく》だっ！　疲れてたしなっ！　ははは
っ！」

否定はしてないぞ。ただ、俺が見たのは幻覚だというだけだっ！

ルイスは自分に言い聞かせ、ゆっくりと立ち上がる。

足元がふらついたが、気にしない。

とにかくここから早く出たい。

「……仕事に戻ろうかな。うん、それがいい」

ルイスは、盗聴器やカメラを設置することをすっかり忘れ、よろめきながら部屋を出た。

まず最初に、プレスがやってきた。

イギリスとオーデン、そしてなぜか日本のプレスたちが、意気揚々《いきようよう》と現れた。

彼らがカメラを構えた頃を見計らって、良家の子女令息が、次から次へと集まってくる。

彼らは、きらめくフラッシュに動じることなく、本日のコーディネートをプレスたちに見せびらかした。

我が子が心配なのか、父兄も大勢現れる。

「すてきだわ。今日は雨天決行だったけれど、みなさんの思いが空に伝わったのね。素晴らしい青空。さあ、みなさん、こちらへいらして」

ローザは笑みを浮かべ、参加者たちを会場へと誘った。

参加した女性たちの目当ては、ほとんどがオリヴィエだ。

フランス人だが、雑誌のインタビューや特集記事でよく知っている。女性にも優しいと評判で、是非とも本物と接触したいようだ。

逆に、リチャードやルシエルは今ひとつ人気がなかった。

美しすぎる人間というのは、男も女も今ひとつモテないらしい。

独身を謳歌《おうか》している女性たちには、理央が一番人気がある。

可愛い。いろいろ教えてあげたい……というのが、人気の理由だ。

ジョーンシーだけは、「アメリカに彼女がいる」という噂《うわさ》がすでに流れ、参加女性たちの射《しゃ》程《てい》距離外になった。

女性たちは一つところに集まり、ちらちらと男性陣を見つめては、クスクスとなにやら話し合って笑っている。

「リチャード。もう少し……愛想よくしてくれると、母はとても嬉しいのだけれど」

公爵夫人は、ルシエルたちとこそこそ内緒話をしている我が子を見つめ、ため息混じりに呟いた。

参加男性たちも、せっかく機会を作ってくれたのだからと、即席の二人組になって女性に近づき、紹介しあっている。

このパーティーには、開始の挨拶も終了の挨拶もない。

みんな最初はぎこちなかったが、三十分もしたらいくつものグループができあがった。

ここからが、公爵夫人の出番だ。

思いもよらずに出遅れてしまった男性女性たちをさりげなく近づけ、話をさせる。それを何度も繰り返し、誰も寂《さび》しい思いをしないように気を配った。

「すごいな、あの手腕《しゅわん》。公爵夫人と言ったら、そういう色恋は『はしたない』とか言いそうなんだけど。うちのホテルでもパーティーをやってくれないかなあ。今度交渉してみよう」

ジョーンシーは感嘆のため息をつき、素晴らしい立ち回りをしている公爵夫人を見つめた。

「ジェーン・オースティン原作の映画には、ミドルアッパーかアッパーの、世話好きの女性がよく出てくる。母も、その口だ。何度も一緒に映画を見せられて、台詞も覚えてしまった」

リチャードは冷静に呟く。

「そういえば……、『ロッテンマイヤー』というドイツ人を知っているか？」

ルシエルの呟きに、友人たちはしかめっ面をして首を傾げた。

「誰だそれは。ハインリヒの知り合いか？」

リチャードは逆に問いかける。

「いや……大公殿下が……口にしたから気になっただけだ。あのときは忘れてくれとか、俺の妄想だからとか言っていたが……」

「チャットか何かで、親しくなった人じゃないの？」

ジョーンシーの言葉に、ルシエルは首を左右に振った。

「殿下には、友人間のチャット以外はしないようにと厳しく言っている」

「日本のコミックの登場人物じゃないか？　今もアマゾンで注文しているんだろう？」

リチャードの言葉に、ルシエルはまたしても首を左右に振る。

「殿下が買っているコミックは、私も読んでいる。しかし、『ロッテンマイヤー』という名の人間は、どこにも出てこなかった」

真剣な顔で呟くルシエルに、かける言葉がない。

理央が浮気をしているとは考えられないし、理央第一で傍に付き添っているルシエルが、彼の行動や交友関係に漏れがあるとも思えなかった。

そこに、モテモテのアムール星人がスキップをしながらやってくる。

「もう君たちっ！　日陰でこそこそ何をしているんだい？　ほら、この世の春を謳歌しようじゃないか。僕の好みの男性が、こんなにいっぱいいるなんて幸せだ～」

オリヴィエは、本日のパーティーの趣旨《しゅし》を理解していないようだ。

みんな一斉にため息をついた。

「この馬鹿者。アムール星人め、自分の星に帰れ。お前のせいでカップルになり損《そこ》ねた、すべての男女に謝罪しろ」

今日のリチャードは切れがいい。

そして友人たちはリチャードに心から同意した。

「みんな酷いよ。……あれ？　殿下は？」

「あそこだ」

理央はキャサリン皇太后の隣に立ち、日本の記者相手になにやら話をしている。

「すごく楽しそうだなあ、殿下……」

「生まれてから二十年を過ごした国の人間相手だから、笑みも出てくるだろう」

意外にも、ルシエルは冷静だ。

「日本に里帰りしそうな勢いなんだけど……って、こっちに来たよ？」

オリヴィエが言い切ったと同時に、理央が猛スピードでこっちにやってきた。

「どうして俺を一人っきりにするんだよっ！　ずっと傍にいるって言ったのは、どこの誰っ！」

理央はルシエルに詰め寄り、目を三角にして怒った。

「皇太后には逆らえません」

「……じゃあルシエルは、お祖母ちゃんが『ルシエル、結婚しなさい』と言ったらするのかよ」

ルシエルの目が見開かれる。

だが彼は、何も言えずにいた。

「キャサリンお祖母ちゃんが、ルシエルにちょうどいい子を見つけたって。だから、俺に連れてこいって……いくぞっ！」

理央は唇を尖らせて、ルシエルの腕を掴んで歩き出した。

「あれ、やばくない？　僕たち、ゲームをやってる暇ある？」

ジョーンシーが、ぽつりと呟く。

「キャサリン皇太后は、あのゴシップ写真と記事にとても怒っていたから、ゲームは当然続行だ。しかし……あのままだと、ルシエルは本当に結婚することになる。それも阻止《そし》しなければば」

リチャードは、「余計な仕事を増やしやがって」と呟くが、表情は心配そうだ。

「ここにいる女子全員のハートを、僕たちが奪ってしまえばいいんじゃない？」

「貴様、このアムール星人。ダイヤー家の領地で、不慮《ふりょ》の事故を遂《と》げてみるか」

「そこまで怒らなくていいじゃない。……あ、僕は今、とても楽しいことを考えました」

オリヴィエの目がきらりと輝く。

「さっさと言え」

「……ある意味、このパーティーをぶち壊《こわ》すことになるんだけど、それでもいい？」

「パーティーならいつでもできる。今は、友の窮地《きゅうち》を救おう」

「格好いいね、リチャード」

「ルシエルに恩を売ることができるなんて、なかなかないからな」

リチャードは低く笑い、オリヴイエを見つめて「早く言え」と急《せ》かす。

「怖いよ、怖いよリチャード」

ジョーンシーがオリヴィエの後ろに隠れた。

「失敬な」

「はいはい。僕の話を聞いてください。そして、乗ってくれるなら挙手《きょしゅ》して」

オリヴィエはそう言って、自分たちの周りに誰も集まってこないことを確認する。

ルシエルと理央は、今度は二人で日本人記者に何かを答えていた。


南国の鳥が、一斉に揃ったようだ。

ルイスはそう思いながら、使用人テントで旨い料理を食べていた。

来客たちの立食テントと違ってずいぶん地味だが、料理や酒が旨いのは変わらない。

「ここに就職して、いきなりパーティーなんて、ついてるよね」

マイラがにっこりと微笑む。

「そうらしいね。さっき、シェフにも言われたよ。マイラは、ここに勤めて長いの？」

するとテーブルの向かいから、調教師が「一年だよな。覚えるのが早くて、いい子だって、キーパー長が言ってたぞ」

「美人ってつかないのが悲しい」

「はいはい、美人だった」

マイラは、「今頃言っても～」と可愛らしく拗《す》ねる。

調教師が笑い、ルイスも釣られた。

「マイラは美人だけど、喋ってばっかりだ―

「私よりもおしゃべりな家政婦はいっぱいいます。失礼ね」

「そのおしゃべりが半分になったら、彼女にしてあげてもいいよ～」

ルイスのおどけた口調に、マイラはフォークを持った手を持ち上げて、彼の腕を刺《さ》すまねをした。


理央は、「喉が渇《かわ》いた」と言って、皇太后とルシエルから離れた。

飲み物のテントに行く途中、ルシエルを遠くから見つめる女性たちに気づく。

彼女たちは招待客の中でも年若く幼い。

ルシエルを「白馬の王子様」として見ているのだろう。

そして理央は、そういう女性がルシエルには似合うと思った。

思って、悲しくなった。

このまま中座して、部屋に帰ってしまおうかと思う。友人たちが、自分の代わりに場を盛り上げてくれるだろうと、理央は思った。

仕方がないとわかっていても、悲しい。

ルシエルか自分が女性だったら、問題は何も起きないのにと、理央は思っても仕方のないことを思った。

口にしているのはソフトドリンクなのに、妙《みょう》に苦く感じる。

これを持って自分の部屋に戻ろうと、理央は足早にエントランスを抜ける。

「殿下」

そう呼ばれる人間は、今日は何人も来ている。

だから理央は振り返らない。

「大公殿下」

ぴたりと、理央の足が止まった。

理央はゆっくり振り返り、複雑な表情を見せる。

「どうしてルシエルは、俺のいる場所がわかるんだろう。いつもいつも。嬉しいけど悔しい。

お祖母ちゃんを放ってきたのか？」

「ちゃんと断って、ここにきました。殿下はどこへ行かれるか」

「自分の部屋です」

「熱が出てきましたか？　具合は？」

理央は首を左右に振って「違う」と苦笑する。

「では……」

「ルシエルがモテモテなところを見たくなかっただけだ」

いくら近くで話をしているとは言え、これ以上は危険な台詞だ。

「部屋へ……行きましょうか」

「俺は俺の部屋へ行きます」

理央はそう言うと、走り出す。階段を一個飛ばしで上っていたら、最後でつまずいて床に転がった。

「大公殿下っ！」

ルシエルの声と、小走りに近づく足音が聞こえる。

みっともない。

理央は眉間に皺を寄せて体を起こし、割れたグラスの破片《はへん》を拾い上げた。

「そんなことは、あなたがしなくていい」

「……俺が割ったんだ」

ガラスの割れた音に気づいた使用人が数名、理央の元に駆けつける。

ルシエルは、その場にしゃがみ込んで動かない理央を、荷物のように肩に担いで移動した。

「結婚するならすればいい。俺は別に気にしないから」

理央は、そう言ってくしゃみをする。

「ばかなことを」

ルシエルは理央のジャケットを脱がしてベッドに突っ込み、羽毛《うもう》の上掛《うわが》けで温かくコーティングした。

「やはり、風邪です。ここでゆっくりしておられるように」

「俺はまだ若いから……結婚はゆっくり考えなさいって言った。……でもルシエルは『適齢期』だって。なんだよ男の適齢期って」

理央は布団《ふとん》の間から顔を出し、ルシエルを睨む。

「ウォーリック家は、マリエルの子供が継げばいいと思っています」

「マリエル、まだ結婚もしてないのに」

「ええ。しかし、私が独身を続けていれば自《おの》ずとそうなります」

「……おばあちゃんに勧められた女子はどうする。ルシエルに引き合わせてもらって凄く喜んでた。あの子の泣く顔を見るのは……可哀相だ」

理央の呟きに、ルシエルが呆《あき》れ顔でため息をついた。

「私は、あなたの泣き顔を見るのがいやです」

ルシエルはベッドに腰を下ろし、理央の頬を指先でそっと撫でる。

「ゲイ疑惑が一生つきまとうぞ」

「疑惑を消すために、女性と付き合うことはできません。女性に対しても失礼だ」

淡々とした声だが、ほんのりと理央を諫《いさ》めるニュアンスがあった。

「……………ごめん」

「分かってくだされば、それで結構」

「でも、ルシエルがモテモテなところを見ると妬く」

「それも結構。ベッドの中での親密度がアップします」

「だったら……俺も女の子たちと遊びに行ったりしようかな。そうすればルシエルは、焼きもちを妬くだろ？　お互い様に……ってて！　なんだよその顔っ！」

理央は、ルシエルの呆れ顔を指摘する。

「勝手に遊びに行くなど、私が許すとお思いか？　大公殿下」

「一緒に行けばいいじゃないか。表向きは、ルシエルは俺のお守りなんだ。不自然じゃない」

「バカバカしい」

ルシエルは鼻を鳴らして首を左右に振った。

理央は勢いよく起き上がり、眉間に皺を寄せる。

「俺だけ嫉妬するなんて不公平じゃないかっ！」

「私は、あなたに関しては大変心が狭いということを理解しなさい」

「そんな我が儘を言う恋人なんていらないっ！　ルシエルはさっさと結婚して、オーデンの国民を喜ばせればいいっ！　俺が国営放送に直接連絡してやるから、結婚式はテレビ中継だっ！」

　理央は大声で怒鳴った後で、くしゃみを立て続けに三回して、鼻水を垂らした。

　ルシエルは無言で、理央の鼻水をハンカチで拭き取る。

「……寝る。一人で寝る。ルシエルの顔を見てると熱が上がるから出て行け」

　理央はルシエルと視線を合わせずに呟き、再びベッドに潜《もぐ》り込んだ。

「大公殿下」

「命令だ。俺の部屋から出ていけ」

「……リオ」

「俺は寝る」

　理央は確かに風邪の引き始めだ。

　これ以上興奮させたら、一気に熱が上がってしまうだろう。

　ここは安静が第一。

　仕方がないと思ったルシエルは、無言で彼の部屋を出て行った。

　ドアが閉まる音を聞いてから、理央は顔をひょっこりと出す。

「本当に行った。なんで……」

　こういうときは普通、「ここにいます」と言うもんだろう？　違うか？　なんなんだあいつ

は。もういいっ！　ルシエルなんか、凄く可愛い女の子と結婚して、明るい家庭を築けばいいんだっ！　子供は二人ぐらい作っちゃえばいいんだっ！　女子と男子の二人だ。そしたら俺は、ルシエルの娘と結婚してやる……って、どこのメロドラマだよっ！

理央は心の中でありったけ突っ込みを入れ、目を閉じた。

男のくせにみっともない嫉妬だと分かっている。

同性同士で付き合っている場合、かならず「こういう問題」が浮上すると分かっているが、理性で押さえつけられないものもある。

理央は王族で、ルシエルは王族に加えて伯爵家の跡継ぎだ。

周りが結婚に対して敏感になっても不思議ではない。

信じるって言ったんだけどな……ちょっと揺さぶられるとすぐにこれだ。この恋は障害が付き物だって、最初から分かってたのに。ルシエルは俺しかいらないって知ってるくせに……。

本当に俺は、精神的にちょっと惰弱《だじゃく》。

鼻の奥がツンと痛くなって、涙が出そうになる。理央は枕に顔を埋め、泣きたい気持ちを押し隠した。

辛《かろ》うじて穏便《おんびん》に終わったパーティーの、その夜。

ベッドで眠っている理央以外のみんなは、応接室を借りてこそこそと話し合いをしている。

扉の外では、「グループ交際をいたしましょう」「そうしましょう」という若い男女が、おしとやかに会話をしている声が聞こえてくる。

オリヴィエの提案は面白かったが、ジョーンシーは異議を唱《とな》えた。

「ヨーロッパの人間って、みんなそうなの？　正しいの？」

リチャードとルシエルが「いいんじゃないか」と頷いたので、呆れ顔をする。

「ただの余興《よきょう》だろう？　いちいち過剰に反応してどうする」

「人生は何事も経験だ」

リチャードは貴族らしいことを言い、ルシエルは一般論を呟く。今ひとつキレが悪いのは、理央に部屋から追い出されたせいだ。

「でも……もしバレたら、母国で笑いものにされてしまうよ」

「今更ではないか？　ジョーンシー」

出ました。リチャードの鋭い嫌み。

ジョーンシーは何も言い返せず、「ふぐぅ」と悔しそうに呻き声を上げた。

「その前に『第二段』があるけどね」

オリヴィエは、ルシエルを一瞥して微笑む。

「簡単に成功して、拍子《ひょうし》抜けだ」

「ルシィは、ボイスチェンジャーをどこから持ってきたの？　凄く便利だけど、あれ」

「工具箱の中に入っていた。それを使っただけだ。ふん、幽霊など存在しないのに」

ルシエルは面倒くさそうに呟いた。

それにはリチャードが異議を唱える。

「いやいや、不思議なものは不思議なものとして、確かに存在するんだ。現にこの屋敷にも確実に出る部屋が数カ所ある」

オリヴィエとジョーンシーが「どこ？」と身を乗り出す。

それが自分の部屋だったら、絶対に替えてもらおうという魂胆《こんたん》だ。

「一階奥の図書室には子供の幽霊、三階の屋根裏部屋にはメイドの幽霊、湖には悲恋《ひれん》の末に入水《じゅすい》自殺をした女性の幽霊が出る。そして……殿下の部屋には男の幽霊が……」

リチャードが言い切る前に、ルシエルが勢いよく立ち上がった。

「なんだと、リチャード」

「家庭教師の男と教え子の幽霊だ。教師は隠し通路を使って、教え子を殺しに行ったと聞く。理由は知らないがな。父とキンバリーが、幽霊たちが言い争っている声を何度か聞いたことがあるそうだ。おそらく、何百年も前から同じ事を繰り返しているんだろうな」

リチャードの告白に、ジョーンシーとオリヴィエは鳥肌を立てる。

例え幽霊を信じていなくても、リチャードの言い方が怖かったのだ。

「こうしてはいられない。俺は殿下を見守りに戻る。ゲームの続きは任せた」

ルシエルは慌てて応接室を出て行く。

「ルシィって鉄面皮《てつめんぴ》で恐ろしいけど、美形だし情熱的だよね」

「オリヴィエ、言葉の前後が繋がっていない」

「僕の部屋には出なくてよかった」

ジョーンシーはほっと胸を撫で下ろした。

それから数日が、滞《とどこお》りなく過ぎた。

公爵夫人は一日おきにパーティーを開催し、キャサリン皇太后と「あのお嬢さんがいい」「こっちのお嬢さんがいい」と、勝手に彼らの花嫁候補をリストアップして喜んでいる。

公爵はおっとりと構え、来客と妻の会話に微笑んでいた。


ルイスは焦っていた。

ダイヤー公爵家に入ったはいいが、スクープが一向に手に入らない。

しかも渦中の坊ちゃんたちは、常に集団で行動して隙《すき》を見せなかった。

「まいったな。盗聴器も……いくつか使えなくなってる。誰かが掃除のときにぶつかって壊したのかな。……まあいいや。取りあえず録音できた分をチェックしよう」

ルイスは図書室の一角でノートパソコンを広げてイヤホンを右耳に付け、目録を作っている振りをしながら音声をチェックする。

「素敵なところ……」「彼女はどう思ってる?」「誰だお前は」「ひどいよオリヴィエ、僕はまだ、食べてない」「けけけ」「馬鹿なことを言って～」「気になる子がいるんだけどなあ」「遊ぼうよ」「声をかけようか」「私と遊んで……っ！」

ルイスはなんの操作もしていないのに、ボリュームが勝手に上がっていく。

「痛いよ」「でも私から声をかけるのはしゃくだわ」「ルシエル様ってステキよね」「殺さないで」「これはいいビジネスだ」「私の帽子はどこだい？」「苦しいよ」「ジョーンシーっ！」「ルシエルはさっさと結婚しろ」

ルイスは最後の言葉に注目した。

「これは大公殿下の声だな。……どういう状況で言ったんだろう。気になる」

ようやく欲しい音が聞こえてきたと思った、次の瞬間。

子供たちの悲鳴と泣き叫ぶ声が大音量で聞こえてきて、ルイスは慌ててイヤホンを外した。

「なんだよ、今の……」

思わず、周りを確認する。

図書室には彼以外誰もいない。

しんと静まりかえっている。

耳を澄ますと、ようやく庭を散歩する若者たちの声が聞こえてくる。

「小さくて精巧《せいこう》に出来てるから、ドラマか何かの音を拾っちゃったのか。うん、そうだ。そうに違いない」

ルイスは自分に言い聞かせ、何度か深呼吸をした。

だが突然、左足が引っ張られた。

「……っ！」

デスクの下を覗きたい。しかし覗いたら最後のような気がする。

ルイスはだらだらと冷や汗を垂らし、自分がこの間体験したことを思い出した。

「あ、あれは幻覚。もしくは誰かの悪戯《いたずら》だっ！　俺は霊感《れいかん》なんてないし、幽霊なんて今まで見たことがないっ！」

ルイスは、「せーの」でデスクの下を覗き込む。

何もない。

おそらく、慣れない仕事が続いているせいで、足が緊張して攣《つ》ったのだろうと解釈した。

「ふう」

厨房に行ってコーヒーをもらってこようと席を立ち、くるりと振り返る。

するとそこには、茶色い毛むくじゃらの何かが立っていた。

背丈は、ルイスの腰の辺《あた》りまでだろうか。

ぽってりとして洋なしに形が似ている。違うのはみっしりと毛が生えていることと、所々に何かが流れたようなどす黒い痕があることだ。

その不思議な生き物は、よちよちとルイスの方に向かってきた。

ルイスは驚きのあまり声が出ない。

「また私たちを殺しに来たの？」

キーキーと耳障《ざわ》りな音に混じって、「それ」がしゃべる。

ルイスは逃げようと迂回《うかい》するが、「それ」は、よちよちと全身を小刻《こきざ》みに震わせながら付いてくる。

「何度も何度も刺されて、いっぱい血が出たよ」

「やめてと言ったのにやめてくれなかった。凄く痛くて怖かった」

声が重なり、不愉快に軋《きし》む。

「ち、近づく……な……っ！」

「ザクザクと切られた。お腹の中身がいっぱい出たよ」

「目玉が落ちちゃったの。どこにいったか捜してくれる？」

もう勘弁してください。

ルイスは意味不明の叫び声を上げながら、もの凄い勢いで図書室の扉に向かう。ドアノブを掴む。回す。なのに扉は開かない。

「それ」が啜り泣きながら、体をぴくぴくと震わせてルイスに近づいてきた。

「やめて、やめて。髪の毛を切らないで。痛い痛い」

「まだ生きてるの。足をもがないで。痛い痛い痛い」

じりじりと近づいてくる「それ」。

ルイスは死にものぐるいで扉を叩き、誰彼なく助けを求めた。

パニックを起こした彼は、窓を突き破って逃げようという考えさえ浮かばない。

もうだめだ。

そのとき、今まで決して開かなかった扉が開いた。

ルイスは転がりながら廊下に出て、すぐさま扉を閉める。

「……何してるの?」

廊下の花瓶に花を生けていたマイラが、いぶかしげな顔でルイスを見下ろした。

「マイラ……っ! 俺の声が聞こえなかった? 大声で助けを呼んだのに、誰も答えてくれなかったっ!」

ルイスはその場に膝をつき、涙目で呟く。まだ、体ががたがた震えていた。

「何も聞こえなかったわ。居眠りして夢を見てたんじゃない?」

マイラに笑われ、ルイスは正気に戻り、恥で顔を赤くする。

「寝てないよ。ただ……うん、そうだな。ちょっと疲れていたかもしれない。大きなネズミだったんだ、アレは」

「うそ! ネズミが出たの? 先週、業者を呼んで駆除《くじょ》してもらったばかりなのよ? 栄養がいいのか、こんなに大きくて茶色い毛がフサフサ生えていたの」

マイラは「これぐらい」と両手を広げて見せた。

それはあまりにも大げさだと、ルイスは苦笑する。

「ちょっと一緒に来て、確認してくれるかな？　あまり大きなネズミだと怖いだろう？」

「……私はうら若き女性なんですけど？」

「いやいや。マイラはしっかりしているから、俺が騒いでも冷静に対処してくれそうで安心できるんだ。頼むよ」

「仕方ないわね」

マイラは笑って頷いた。


図書室は、普段と何も変わらない。

動物の糞《ふん》が落ちていることもなければ、デスクや椅子を囓られた痕もない。

「平気みたいよ？　やっぱり夢？」

マイラが言う通り、自分は夢を見ていたのだろう。もしくは、疲れて幻覚を見てしまったのだ。あの音声も、ドラマの音を拾ったに過ぎない。

ルイスはそう解釈した。

「あれ?」

マイラがデスクに近づき、首を傾げる。

「ダイヤー家には小さな子供はいないし、宿泊中のお客様にも子供はいない。何かしら? これ。変なの」

「え?」

マイラが見ている物をルイスも見た。

デスクに、小さな子供らしき手形がベタベタとついていた。

よく見ると、手形に付いている指の数がみんなバラバラだ。

「ネズミの足跡によく似てるよ、マイラ。もういちど業者を呼んだ方がいい。ここには珍しい本がたくさんあるんだから。破損《はそん》したら大変だ」

「図書室はルイスの管轄《かんかつ》だから、ルイスがキンバリーさんに言って。ね?」

自分の仕事のテリトリーを大事にすること。

マイラはそう言って、ルイスをその場に残して図書室を出た。

一人残されたルイスは、急に青白い顔になり、ノートパソコンを小脇に抱えて自分の部屋へ逃げ帰った。

そして十数分後。

どす黒い何かを毛皮にいっぱい付けた小さな生き物が、本棚を模《も》した隠し扉から現れる。

向かいの壁からは、リチャードが現れた。

「ふう！　僕の迫真《はくしん》の演技はどうだった？　素晴らしかっただろう？」

着ぐるみを脱ぐと、そこには膝立ちのジョーンシーがいた。

「私の演技指導のたまものだ。この前のルシエルの驚かせ方の方が本格的だ」

「一度ぐらい、普通に褒めてくれてもいいと思うんだけど、リチャード」

「それは難しい」

まじめな顔で言われて、ジョーンシーは立ち上がりながらため息をつく。だがデスクの手形を見て「これは凄い効果だった。さすがはリチャードだ」と言った。

「なんのことだ？　私はずっと隠し部屋にいた。一度も出てきてない」

「僕だって、こんな痕をつけてないよ」

「あー……そう言えば、ここには殺された子供の幽霊が出るんだ。きっとそいつらだろう」

あっさり呟くリチャードに、ジョーンシーは悲鳴を上げる。

「勘弁《かんべん》してよっ！　こんな非現実的な物をいきなり見せられちゃ、僕だって混乱するよっ！」

「ルシエルは『ふーん』で終わりだったぞ」

「あの人と一緒にしないでっ！」

ジョーンシーはしかめっ面で言い切ると、リチャードが出てきた隠し扉に入った。

そこは壁際に細い階段が続き、二階のオリヴィエの部屋へと繋がっている。

「昔の城主は、ここまで神経質に隠し部屋や隠し通路を作ってたんだ」

「逃げ道は多い方がいいということだろう」

二人は携帯用の懐中電灯で足元を照らしながら、ゆっくりとオリヴィエの部屋に向かった。


「オーデンからヨーコを呼ぼうかしら……。ぎっくり腰で申し訳ないけど」

キャサリン皇太后は心配顔で呟く。

てっきり風邪だと思っていた理央は、実は「はしか」だった。

日本にいた頃、ちゃんと予防接種《せっしゅ》を受けていたにもかかわらず「はしか」だった。

ダイヤー家お抱えの医師は「修飾風疹ですね。一週間ほど安静にしていれば治ります」と言って処置を行った。

「日本で……ちゃんと予防接種受けたのに……」

「それでも、まれに感染してしまう人がいるそうよ」

キャサリンは、赤い発疹が出ている理央の頬を優しく撫でてやる。

「おばあちゃん……移る」

「あら、わたくしは大丈夫」

「みんなは……？」

理央は熱と発疹で半分ほどしか開かなくなった目で、ルシエルとオリヴィエを見た。

「大丈夫です。ご安心を」

「ん、よかった……」

掠れた声で呟いて、理央は目を閉じる。

感染したのは、オーデンでだろう。

ルシエルは、養護施設へ慰問に行ったときのことを思い出した。

元気な子供たちが多かったが、養護教諭は「今、はしかが流行っていて大変なんです」と言っていた。

「高熱で苦しいんだろうな。可哀相だ」

オリヴィエの呟きに、ルシエルが渋い顔で頷く。

ゲイ疑惑を広めた相手は懲《こ》らしめたいが、具合の悪い理央を見ていたくない。

そこへ、埃まみれのリチャードとジョーンシーがやってきた。

「どうだった？」

オリヴィエの問いにジョーンシーは自慢げに頷く。

『ゲーム』の方は順調に進んでいるようだ。

「大公殿下のはしかが完治するまで、ここでゆっくり静養させていただく。よろしいな？」

ルシエルは有無を言わさぬ強い口調でリチャードに尋ねる。

「当然だ」

「わたくしも、リオの傍にいます」

「歓迎します、キャサリン皇太后」

リチャードは、慈善事業に忙しい両親の代わりに返事をした。


病人の周りに大勢でたむろしていては具合が悪いと、ルシエルを残して、みんな理央の部屋を出て行った。

「ごめん……な。ルシエル」

理央が掠れた声で呟く。

「何を謝られるか、殿下。殿下の体調の異変を『風邪か』と簡単に片付けてしまった私に全責任がある」

ルシエルは壊れ物を扱うように理央の髪をそっと撫でた。

「俺……ルシエルに酷いことを言ったから……バチが当たった」

「関係ありません」

「ルシエルも……部屋から出てくれ。移ったら、大変……だ。俺……一人で寝てるから」

理央はルシエルを安心させようと、無理をして笑顔を作る。

「私はあなたから決して離れない。よろしいか？」

ルシエルの低く優しい声。

理央は嬉しくて涙ぐむ。

「私がここにいます。あなたは一人ではない」

ルシエルは理央の左手を両手で包み、熱と発疹で赤くなった手の甲にキスをした。

「ばか……移るよ」

「大丈夫です。……万が一感染したら、そのときはあなたが私を看病すること。よろしいか？」

理央は、ルシエルの手をぎゅっと強く握り返した。

「喜んで」

「いい返事です」

ルシエルが目を細めて微笑む。

綺麗な顔だ。理央の大好きな顔だ。普段は厳しいくせに、こう言うときは思いきり甘やかしてくれる性格が好きだ。結局、何もかも好きだ。

理央は熱に潤《うる》んだ目でルシエルを見上げる。

「ルシエル。俺……ルシエルが大好き」

「私もあなたを愛しています」

「さっさと結婚しろなんて言わないから……俺の傍にずっといて」

ルシエルは深く頷き、理央の髪に唇を押しつけた。


「殿下の病気が治って、感染力が低下して人混みに入っていけるようになるまで十日。その間、俺たちは、手を変え品を変え、『主役』を追い詰める。どこまでも追い詰める。いいな?」

ルシエルがずいぶんアクティブになった。

理央がぐっすりと寝入ったのを見計らって、少しの間だけ手を離す。

そして今は、オリヴィエの部屋で会議をしていた。

『みなさん、ごきげんよう。トマスだ。殿下のはしかの事だが、いろいろ操作をさせてもらった。マスコミには、いわれのないスキャンダルに心痛し、体調を崩された大公殿下。とても可哀相っていう情報を流しました。ははは。取りあえず、世論《よろん》は大事にね。味方にしようね』

ルシエルが持っている携帯電話から、楽しそうなトマスの声が聞こえてくる。

『それと、あの作戦は最高だ。ダイヤー邸ならではの仕掛けだな。このまま突き進んでくれ。

そして、データはすべてこっちに送ってくれ。素晴らしい編集をして、最終的にはウェブサイトにアップして世界に発信だ』

ますます楽しそうなトマスに、ルシエルが「うるさい」と突っ込む。

『とにかく頑張れ。俺はオーデンで一人寂しく経過を待ってる。では』

トマスは言いたいことだけ言って、勝手に電話を切った。

「……来客も感染するかもしれないからしばらく居座りなんでしょう?」

オリヴィエは、今まで隠しカメラで撮ってきた映像をパソコンのモニターに映しながら呟く。

「ああ。キャサリン皇太后自ら、客人一人一人に声をかけ謝罪していた。彼女がここに来ていたことは不幸中の幸いだ。あればかりは、俺が頭を下げて回るだけではどうにもならない」

「知ってる。人徳でしょ? ルシエル」

ジョーンシー、雉《きじ》も鳴かずば撃たれまい。

彼は冷ややかな表情になったルシエルに頭を掴まれ、激しくシェイクされた。

「酷いよ……っ……軍人の力と腕力に、僕が勝てるわけないじゃないか……っ!」

だがリチャードとオリヴィエは「お前が悪い」と、行儀悪くジョーンシーを指さす。

「さて。では今度はオリヴィエの番か? どのシチュエーションを選ぶ?」

リチャードは恐ろしい顔で微笑んで、プリントされたテキストをオリヴィエに渡した。

「リチャード……ずいぶんと楽しそうだね」

そういうオリヴィエも楽しそうだ。

「目障りな人間を消し去るんだ。楽しいに決まっている」

「僕も同感だ」

「僕も仲間に入れてよ」

ジョーンシーが手を挙げる。

ルシエルだけは、「私はもう殿下のところへ戻る」と言って、さっさと部屋を出た。

そしてここから、怒涛《どとう》の幽霊大作戦が開始された。


ルイスは胃を痛めていた。

誰かに見つめられているような気がしてならない。

自分の一挙一動を盗み見ていて、足元をすくおうと待ち構えているような気がする。

食事の量も減った。

マイラが「ルイスもはしか？　お医者様に診《み》てもらう？」と心配してくれる。

彼女は絶対自分が好きなのだと、ルイスは思った。

他の使用人のように一線を引く付き合いでなく、するりと懐《ふところ》に飛び込んでくる親しみが心地よい。

おしゃべりなところに目をつむれば、マイラは可愛くて働き者で最高だ。

恋人と妻のどちらにもなれる。

「ネズミ駆除の件なんだけど、もう少し時間がかかるんですって。だから少しだけ我慢しましょうね。そうだ、あとでお茶の時間に美味しいクッキーを持ってきてあげるわ。うちの両親が送ってきてくれたの」

「そうなんだ。ありがとうマイラ」

ルイスはマイラを見つめる。マイラもルイスを見つめる。

二人はしばらく見つめ合っていたが、キンバリーの姿を目の端に入れてすぐ、そっぽを向いた。どちらの頬も赤い。

「じゃあ、またね」

「うん」

出来るだけ、自然に離れる。

キンバリーは彼らを気にせず、二階に向かった。

はしかで食が細くなってしまった理央のため、ルシエルが、冷たく喉ごしのいいスープを厨房に注文したのだ。

キンバリーの持った銀のトレイには、理央が食べられそうなコンソメジュルやアイスクリーム、プリンが載っている。
みんな、大公殿下に同情していた。

トマスの情報操作は草の根運動的に、じわじわと広がって効果を上げている。

「お加減は……いかがですか？」

キンバリーは料理をルシエルに渡して、理央にそっと話しかけた。

「だいぶ……熱が下がった。今日は食欲があるんだ」

ようやく発疹は引いた理央の声には張りが出てきた。

「よろしゅうございました。アルファードもずいぶん心配しておりました。彼から、このコンソメジェルのレシピを聞きました。大公殿下は、このジェルがとてもお好きだそうですね」

理央が力強く頷く。

「嬉しいなあ。俺……ルシエルが厨房にお願いしてくれたスープも、シルヴァンサー城のシェフが作るコンソメジェルも、どっちも大好きなんだ……」

「大公殿下。このアイスクリームは、ダイヤー家使用人からのお見舞いです」

「ホント？　うわあ……」

理央は声を上げてはしゃぎ、自分が二十三歳だと言うことをすっかり忘れた。

「では私は大公殿下の喜びようをみんなに知らせてきます」

キンバリーは一礼して、理央の部屋から出た。

代わってルシエルが理央の傍らに腰をおろし、彼の口にコンソメジェルの乗ったスプーンを差し出す。

「はい。あーん、しなさい」

「ルシエル、顔が怖い」

「あなたが私以外の誰かに微笑んだりするからでしょう。単なるジェラシーです。気にしないでいただきたい」

理央は苦笑しながら、ルシエルの給仕で食事をする。

「お味は如何か？」

「ん。最高です。ちゃんと味が分かるようになった。凄く嬉しい」

料理が趣味の理央は、高熱で食べ物の味が一時的に分からなくなったとき、大変ショックを受けたのだ。

今は輝く笑顔で、ひな鳥のように口を開ける。

「発疹も、かなり引いてきました」

「うん。ルシエルがずっと傍に付いていてくれたから、凄く嬉しかった。今更だけど、本当にありがとう」

「殿下……」

「完全にはしかが治って……俺が勃たなくても好きでいてくれるか？」

「は？」

ルシエルの眉間に皺が刻まれた。

理央は視線を泳がせながら、言葉を続ける。

「ほら、その……大人になって、高熱を伴《ともな》う病気をすると……子供が作れなかったり勃たなかったりするって……オリヴィエが言った。俺も、その話は聞いたことがある。だから、もしそうだったらゴメン。ルシエルが『別れよう』って言ったら、俺は男らしく身を引く」

今ルシエルの中で、オリヴィエが世界最大の敵となった。

「殿下」

「は、はい……大丈夫。覚悟は出来ている」

そう言うくせに、理央は今にも泣きそうだ。

「おバカさん。生殖《せいしょく》行為に支障を来《きた》す高熱は、よほどの高熱です。しかも長時間の高熱です。そして、滅多《めった》なことでそういう状態には陥《おちい》りません」

せっかく発疹の赤みが引いたというのに、理央の顔は違う意味で真っ赤になった。

彼は辛うじて「オリヴィエ……っ！」と呟き、両手の拳を握りしめる。

「そんなに心配ならば、医師が完治したと宣言したすぐ後に、弄って差し上げます」

「そ、そういう……言い方は……」

「病み上がりでセックスはできないでしょう？　ですから、私が指と唇、そして舌を使って、殿下の様子を観察します。よろしいか？」

ルシエルは意地悪く微笑み、理央の口にスプーンを入れた。

柑橘《かんきつ》系の爽《さわ》やかなスープが喉を流れていく感覚が心地いい。

理央は思わず、鼻にかかった甘い声を出した。

「もう感じてしまわれたのか？　まだ医師は完治と言っていないのに」

「ルシエルが……いやらしいことを言うから」

「大したことは言っておりません」

「言ってるって……。俺が想像しやすいように言ってるって……」

もっと文句を言おうとした口に、今度はアイスクリームが入ってくる。

甘くて冷たくて、さっぱりしていて旨い。

「もっと」

理央は口を開けて待つ。

するとルシエルは、味見をするようにアイスクリームを頬張った。

「あ、俺の……っ」

だが次の瞬間、ルシエルは理央にキスをする。

二人の口腔は甘い味と香りでいっぱいになった。

理央は夢中でルシエルの舌を嘗め吸う。

「絶対……はしかになるから。こんなことしたら、ルシエルだってただじゃすまないんだぞ」

「ふん。……お代わりは」

ルシエルは冷静に呟き、理央の返事を待つ。

理央は散々悩んだ末に、「欲しいよ」と小さく掠れた声で呟いて、口を薄く開いた。

少し冷たくなったルシエルの唇が、理央の唇に押し当てられる。

口腔を舌で犯し合って、アイスクリームを最後まで味わう。

味わい終わっても、舌を絡めて深く口づけた。

そのうち、ルシエルの右手が理央の下肢に移動する。

「ん、んん……っ」

パジャマ越しに、ルシエルの掌を感じた。

「だめ……」

「大公殿下。勃起しています」

「だから……そういうことは……」

「キスで感じてしまいましたね。このまま、放っておいてもいいんですか?」

「い、いい……。俺はまだ……完治してないんだから。今はこういうことに体力は使わない。だからルシエル……もう少しだけ待っててくれ」

理央はルシエルの頰を両手で包み、そっと撫でさする。

「分かりました。我慢しましょう。……もう一度だけ、よろしいか？」

「ん。キスして。俺……ルシエルのキス、好きだ」

理央は目を閉じ、キスを待つ。

ルシエルは、彼の顎を指で持ち上げ、そっと口づけた。


来客たちは、それぞれのんびりと午後のお茶を楽しんでいる。

リチャードたちも、青々と芝の生えた庭にシートを敷き、思い思いの格好でお茶を楽しむ。

「ステファニーが遊びに来るって。どうしよう」

ティーカップ片手に携帯電話を操作していたジョーンシーは、深いため息をついた。

「恋人だっけ？　フィアンセ？」

「両方です。オリヴィエ」

「だったら、別にいいじゃないか。僕たちに紹介してよ」

「まったくだ」

「当然だな」

オリヴィエの言葉に、リチャードとルシエルが続く。

「それは別に……仕方ないことだからいいんだけど、パーティーはどうするんだよ。僕はもしかしたら、ステファニーに婚約を解消されてしまうかも知れない。それどころか、精神的苦痛を味わったと言われて、慰謝料請求の裁判で負けてしまう。ああ、困った。どうしよう」

ジョーンシーは首を左右に振って呻く。

「彼女も参加させればよろしい。ジョーンシーと対《つい》になる物を用意すれば、可愛いカップルの誕生だ」

リチャードが事も無げに言う。

苦悩していたジョーンシーの瞳が、突然きらりと輝いた。

「ねえねえ、パーティー会場を、僕とステファニーの婚約パーティーにしちゃってもいい？　便乗ってやつ？　でもほら、来客はゴージャスだから便乗でもいい」

「話題が一気にジョーンシーに行けば、ルシエルと殿下のゲイ疑惑もいきなり霞《かす》むだろう。よし、思う存分やるがいい。オリヴィエと私の母と三人で、ステファニーのためのサプライズだ」

「ありがとう！　リチャードっ！　いつも意地悪くて嫌みばっかりだけど、君は素晴らしい友人だよっ！　僕は君を誇りに思うよっ！」

ジョーンシーは突然リチャードに抱きつき、「あはは、うふふ」と喜ぶ。

だが突然、ジョーンシーの頭に剛速球のテニスボールが当たった。

ルシエルでさえ、「どこから飛んできた？」と目を丸くする。

すると、林の向こうから使用人のマイラが全速力で走ってきた。

「申し訳ございませんっ！　まさか、坊ちゃまのお友達に当たってしまうとはっ！」

マイラは泣きそうな顔で一生懸命謝る。

ジョーンシーは後頭部を押さえつつ、「賠償《ばいしょう》に関しては、取りあえず精密検査が終わってからでいいよ」と、慰めにならないことを言った。

「君、茶色の巻き毛が可愛いね。名前はなんて言うの？　彼氏がいないなら、僕とベッドの中で愛を語らってみない？」

オリヴィエは、彼女が端整な顔立ちだと分かった途端に口説き始める。

このフランス人には、絶対にイタリア人の祖先がいるはずだ。

「マイラと申します。……オリヴィエ様、お戯《たわむ》れはおやめください」

「もうもう！　可愛いなあ、マイラちゃん。僕のマンションにおいでよ。僕はフランス人ながら、公爵夫人と美に対してわかり合う仲なんだ。だから、君の気持ちも分かって上げられると思う。可愛いコマドリちゃん。僕は君のハートを打ち抜いて、愛の突然死にさせちゃうよ」

意味不明の口説き文句に、マイラは苦笑し、ジョーンシーは呆れを通り越して感心する。

そしてリチャードは「マザーグースをもじるな」と、取りあえず突っ込みを入れた。

「……やめておけ、オリヴィエ。そのハウスメイドは素人ではない。訓練された軍人だ。英語に微《かす》かなオーデン訛りがあるのに気付け。……マイラ・レイヴン、元オーデン陸軍中尉。まさか除隊したあとにダイヤー家の使用人になっていたとはな」

なんですと？

ジョーンシーとオリヴィエの脳裏に稲妻が走った。

「さすがはウォーリック少佐。一発でばれてしまいましたね」

マイラは笑顔でルシエルに敬礼する。

「マリエルが、いずれは自分の右腕にと期待していた矢先《やさき》の除隊だった。それがなぜここに？」

ルシエルに咎めるつもりはない。

ただ、純粋な好奇心からだ。

だから問いかけも淡々としている。

「それについては、私から話そう、ルシエル」

あれ、なんか嫌な予感がする。

ルシエルは、ジョーンシーやオリヴィエと視線を交わし、複雑な表情を浮かべた。

「マイラは私の婚約者だ。両親には紹介して承諾を得ているが、正式には発表していない」

「私の記憶が正しければ、レイヴンの家系はアッパーでもミドルアッパーでもない。大丈夫なのか？」

「ルシエル。だからこその奉公なんだ。一年の奉公で、ダイヤー家のしきたりや規則、行事をすべて覚える。母からは、レディとしての学習を受ける。口うるさい親戚《しんせき》を黙らせるために、実はトマスとその父君に協力を仰《あお》いだ。マイラは、シャイヤ家の養女だ。つまり、トマスの義理の妹」

ということは、ルシエルの義理の従妹《いとこ》になる。

これにはルシエルも目を丸くした。

「トマスは……一言も言ってなかったが、リチャード」

「書類上の問題を解決したかっただけだ。マイラがオーデン王族の養女であれば、誰も文句は言わない。私は彼女を完璧に守りたいのだ」

なんだよ、この男は。嫌みたっぷりの冷たいヤツだと思っていたら、なんて情熱的。

友人たちは、なんとなく照れくさくなって、それぞれ目配せして苦笑する。

「よくぞ私まで騙し通した。あっぱれだなリチャード。そして水くさい」

「すまない。だが本当に、極めてデリケートな問題だったのだ。許してくれ。今回の最後のパーティーで、私はマイラを婚約者として正式に紹介する」

今度は、マイラが目を丸くした

まったく予想してなかったようだ。

彼女は目を丸くしたまま、ボロボロと涙をこぼしてリチャードを見る。

リチャードは天使さえ見惚《ほ》れるような笑みを浮かべ、両手を広げてマイラを胸に招いた。

では、私たちは一足先に帰ろうね。

ジョーンシーだって、ちゃんと空気が読める。

友人たちは、リチャードと彼の未来の妻をその場に残して、さっさと屋敷に戻った。


「つまり。公爵夫人は何もかも知った上で、リチャードにも妻をと言っていたわけだ。策士《さくし》だね。息子の背中を後押ししたんだよ」

オリヴィエが「ロマンティックでいいじゃないか」と呟いて、目を閉じる。

「リチャードは冷静だが、周りを見すぎて出遅れることがあるからな。しかし、本当に親戚になってしまった」

ルシエルは小さく笑う。

「僕はもっと、スパイ映画的なことを想像してたんだけど。『ゲームの主役』が、気持ちよく僕たちの脅《おど》しに引っかかってくれたのは……」

「マイラが、あいつを完璧にミスリードしたのだろう」

ルシエルがジョーンシーに答えてやった。

今までの経緯を黙って聞いていた理央は、素直に喜ぶ。

「キャサリンおばあちゃんも喜ぶよ。トマスの義理の妹が、リチャードの奥さんになるんだよ。なあルシエル、まずは婚約祝いだ。ジョーンシーのところと、めでたいことが二つも続いた。どんなお祝いをあげようか？　……あれ？　あれ……？　そう言えば、オリヴィエは？　誰かと恋に落ちるとか、楽しいひとときを過ごす相手が見つかったとか……一つも聞かない……」

理央が特大の地雷《じらい》を踏んだ。

突然、オリヴィエが床にごろんと転がった。

「どうせ……僕は……一生、愛の狩人《かりうど》なのさ。僕の心の恋人は、ルシィと殿下だからいいよ」

「気持ちの悪いことを言うな。いい加減に、そろそろ落ち着け」

ルシエルはしかめっ面で言い返す。

「なんかさー、去年はハミードが結婚してみんなでお祝いしただろう？　トマスとハインリヒ組、ルシエルと殿下組は、男同士だけど上手くやってる。リチャードは意外な伏兵《ふくへい》だったけど、こうなった以上幸せを祈りたい。もちろん、ジョーンシーの幸せも祈ってあげる。もういいよ僕は、みんなを祝うエンジェルってことで」

なんだが話を聞いてて切なくなってきた。

理央は「ごめんね」と頭を下げ、ルシエルとジョーンシーは、倒れ込んだオリヴィエを優しく抱き起こしてやる。

「みんなの優しさが目と胸に染みるよ」

オリヴィエは、小さなため息をついて力なく笑った。

シルヴァンサー大公のはしかが完治し、接触していた人々も全員感染していないとはっきり分かった。医師軍団が太鼓判《たいこばん》を押してくれたお陰で、長逗留《ながとうりゅう》になっていた客人たちは、ようやく最後の夜を迎えた。

明日の夜……午前零時を回っているので今夜、ダイヤー公爵邸は、フランス風の大仮装パーティーが催される。

「聞いて欲しいことがあるの……」

ルイスは夜中にマイラに呼ばれ、曰《いわ》く付きの図書室へと向かった。

こんな夜中に、しかもパジャマの上にガウンを羽織《はお》っただけの女性に呼び出しを受けると言うことは、あれだ「告白」だ。

ルイスは内心浮かれつつ、恐怖体験も忘れて彼女の後ろについて行った。

「静かにしてね？　誰かに見られたら恥ずかしいから」

懐中電灯を照らしつつ、マイラが笑いを含んだ声で言う。

「分かってるよ」

ルイスは大胆にも、マイラの手を握りしめた。

マイラの眉間に皺が寄ったが、ルイスには見えない。

「……この中に入って、少し待っていてね。絶対よ」

彼女はルイスの耳元に囁き、足早に去っていく。

「あれ？」

思い切り何かを期待していたルイスは肩すかしを食らった。だが律儀《りちぎ》にも、言われた通りに図書室に入った。

明かりをつけたいが誰がどこで見ているか分からない。

そういえば、懐中電灯はマイラが持っていってしまった。

暗闇に目が慣れたルイスは、自分がいつも使っているデスクに誰かが座っているのに気づく。

項垂《うなだ》れ、背を丸めて、惨《みじ》めな格好だ。

一体いつからいるのだろうかと、声をかけてみた。だが返事がない。

ひゅーひゅーと、どこからか空気の漏れる音が聞こえる。

気味が悪いが、マイラほど可愛い子と遊べるなら役得だと、自分の部屋に戻りたいのを我慢した。ところが。

「また来たの？」「殺さないで」「こんなに痛いの」「苦しいの」「どうして見ているだけな

の?」「酷い人」「覗かないで」「あなたのせいで殺された」「首が痛い」「足がもげたわ」「酷い人」。

図書室中に、囁くような呪詛《じゅそ》の声が響き渡った。

赤ん坊の鳴く声、少女のすすり泣きがそれに混じる。

項垂れて背筋を丸めていた人影がゆっくり立ち上がった。そして振り返る。

顔がえぐられて肉塊《にくかい》となった男が、よろめきながらルイスに近づく。足音が響く。四方八方から、人の呼吸する声が聞こえ、ルイスを静かに追い詰めた。

ルイスの膝がかくんと折れ、彼はその場にしゃがみ込む。そして、這いつくばってドアを目指した。

この展開は、この前と同じだ。どうしよう、このままでは奴らに捕まってしまう。

ルイスはドアノブを摑んで引くが、扉はびくともしない。

声が近づく。肉塊の男が近づく。よく見ると、他にもいやらしく汚れた毛むくじゃらの塊《かたまり》がいた。

みんな近づいてくる。逃げ場がない。逃げられない。ルイスはバタ足をするように両足を交互に叩き、「ひっ」と息を飲んで気絶した。その状態で、数分経過。

「よし。完全に気絶している。みんな、出てこい」

顔が肉塊になっていた男は、リチャードだった。彼はタオルで顔についた布やペイントを強

引に落とし、一息つく。

毛むくじゃらの中に入っていたジョーンシーがくすくす笑い、音響を担当したオリヴィエも釣られて笑う。

ずっと赤外線ビデオを回していたルシエルは、「そんなに怖かったのか？　失禁《しっきん》しているぞ」と呟いて、決定的瞬間をカメラに収めた。

「で、この役立たずをどうするの？　リチャード」

「どうもしない。勝手に辞《や》めていくだろう。この男が今までしてくれた面白おかしい行動は、編集して全世界に発信だ。一度ぐらい自分が見られる立場になってみろ、と」

リチャードはそう言って、友人たちと共に図書室を後にした。

扉が閉まるギリギリで「もらうぞ」と聞こえたが、リチャードは何も聞こえないふりをして小さく頷いた。

翌朝、ルイスはエントランスで全裸《ぜんら》で鼾《いびき》をかいて眠っているところを、こともあろうにキャサリン皇太后に発見された。

清々しい朝に粗末《そまつ》な物を見せられた皇太后は激怒《げきど》する。騒ぎを聞きつけた公爵夫人も、ルイスの図々しさに呆れ果て、その場で解雇《かいこ》を言い渡した。

ルイスは解雇に抗議するどころか「どうして俺が、こんなところで全裸で、しかも気持ちよく眠っていたんだろう」と首を傾げた。

報奨金を手に入れられないのは残念だったが、気味の悪い屋敷は早々に立ち去るに限る。

ルイスは、マイラのことはいい想い出として取っておこうと心に決めた。

彼が、ダイヤー公爵子息と、オーデンのシャイヤ伯爵養女の婚約を知るのは、その数日後になる。

女性は男装を、男性は女装する。

無造作な仮装と化粧ではきわものパーティーになってしまうが、テーマを決めて完璧に仕上げればそれも一つの芸術となる。

衣装は夫人が用意するが、その代金はしっかりいただぎ、収益の三分の二は小児医療の団体に寄付されることが決定していた。

悪い言い方をすると、「チャリティー活動を大義《たいぎ》に、好き勝手な格好で愛を語り合いましょう」というパーティーだ。

テーマは革命。アッパーとミドルアッパーにはひやりとするタイトルだが、それが逆に刺激になる。

キャサリン皇太后は、「私はサムライの格好をしたかったのに」と異議を唱えながらも、一世を風靡《ふうび》して断頭台《だんとうだい》の露と消えた有名な革命家へと変身し、月桂樹《げっけいじゅ》の葉をアクセサリーにして「シトワイヤン」と楽しそうに叫んでいる。

キンバリーの持っていた日本の有名な少女マンガを元に、みんな、つかの間の栄華を気取った貴族や名士へと変身した。

ジョーンシーの婚約者であるステファニーは、最初は「仮装?」と驚いたが、なんでも受け入れチャレンジする性格のようで、楽しそうにパリ市民の格好をした。ジョーンシーは可憐《かれん》な町娘だ。やけに似合う。

リチャードとマイラの仮装は、なんとマリーアントワネットとルイ十六世だ。アンラッキーだと呟くルシエルの横で、理央は「災《わざわ》い転じて福と成す」と言って納得させた。

出会いを待ってる女性たちに大人気のオリヴィエは、「マリー・アントワネットの首飾り」で有名な、ジャンヌを仮装に選んだ。

有り得ないくらい似合っていて、なぜか出会いを求めてやってきた男性諸君のハートをいくつも掴んでしまった。でもいい、それがオリヴィエだもの。

理央とルシエルも、ベルサイユに入ることが許された伯爵令嬢の格好をしている。どんなに華奢《きゃしゃ》に見える理央でも、やはり男らしく寸胴《ずんどう》だと分かって、ルシエルは密かに苦笑した。

「ルシエル……どうしよう。俺、ルシエルにまた恋をしそうだ。俺と結婚して欲しい。俺の子供を産んでみないか？」

理央は頬を染めて、うっとりと女装姿のルシエルを見た。

「その台詞は、私に言わせなさい」

「だって、ルシエルがあまりに綺麗だから……」

プロによる完璧なヘアメイク。

日本人の血が入っている理央は、えんじ色のドレスが似合う。色は地味だが、形はロマンティックで可愛い。そのドレスの色に合わせて化粧をほどこしている。ルシエルは水色をベースとしたドレスだ。

「水色がこんなに似合うのは、肌の色のせいだな。どうしよう。見ているだけでドキドキする」

理央は熱烈な台詞を次から次へと口にするが、周りにいる女性たちは、理央の言葉にいちいち深く頷いた。

どんなに肩ががっしりしていても、引き締まった寸胴でも、身長が百八十二センチあっても、三十一歳でも、綺麗なものは綺麗だ。それが正義だ。真実だ。

少々年上の女性たちは、じっと理央を見つめて、時折こそこそと話し合っている。

ルシエルはエスパーではないが、彼女たちの考えが手に取るように分かった。

女装青年を脱がして悪いことをしたい。そう思っている。

そこにナポレオンの格好をした公爵夫人と、ジョゼフィーヌの格好をしたダイヤー公爵が現れた。

二人とも絵画で有名な服装と同じ物を身につけている。

パーティーの始まりだ。

ダンスの優雅な音楽が流れる。

いつもと違う服装。ダンスをリードするのはドレスを着た男性だ。

不思議な空間だが、なんとも楽しい。

王妃姿のリチャードは堂々としていて、偉そうにマイラをリードした。

ジョーンシーとステファニーのカップルは初々《ういうい》しくて可愛い。

オリヴィエはいつものオリヴィエだ。

そして。

「殿下、向こうへ行きましょう」

ルシエルが手を引いてくれるのは嬉しいが、うしろからぞろぞろと男装の麗人《れいじん》がついてくる。

ドレスだと上手く歩けず、理央はもつれて転んだ。

「大丈夫ですか？　大公殿下」

男装の麗人たちは、一斉に理央を抱き起こした。

服装が変わると心持ちも変わるのだろうか。

彼女たちは、日本の宝塚スターのように光り輝いて堂々としている。

理央は思わず胸を高鳴らせた。

背徳の沼地にずぶずぶと足から埋まっていくような気がする。

「失礼。どうやら大公殿下は、まだ具合がよろしくないようだ。一日失礼させていただく」

女神のような姿のルシエルにそう言われたら、麗人たちは「そうですね」と下がるしかない。

「殿下。見惚れるのは私だけになさい。よろしいか」

「は、はい……よろしいです」

理央は頬を染めたまま何度も頷いた。

そしてルシエルは、理央の手を引いて、できるだけゆっくり歩き出す。


パーティーホールからエントランスを通り抜け、ティータイムのサロンへと移動する。

薄暗がりのサロンは、今は窓がすべて閉じられている。

「ルシエル……」

「こんなに可愛らしい格好をして、どうしてくれよう」

ルシエルの口紅をつけた唇が動く。

「あの約束をここで果たしていただこうか、殿下」

「え?」

「ドレスを両手で持ち上げなさい」

「そんなことしたら……全部見える」

「私に見せるんです」

理央はソファに浅く腰掛けて、ドレスの裾《すそ》をたくし上げた。

シルクのストッキング、えんじ色のガーターベルト。

そして、小さなレースの下着。

股間を覆いつくせていない。

ゆっくりとルシエルが理央の前に跪く。

「ルシエル……っ」

「これがなければ、まるで女性ですよ大公殿下」

ルシエルの指先が理央の性器をくすぐった。

理央は小さく呻いて体を強ばらせる。

二人とも女装しているので、不思議な感じがする。

「女のルシエルと……やるみたいで、ドキドキする」

「私もです。殿下のいやらしい女装姿はたまりません」

ルシエルの指が動く。

小刻みに、優しく、理央の感じる場所を心得た指。

優しくいやらしく、理央の腰が揺れてくるまで焦らす。

淡い色の口紅をつけた唇が、ルシエルの名を呼んでいやらしい台詞を口にするまで、じれったい指の愛撫が続いた。

「ん、ぅ……っ……あっ」

「もっと、女の子らしく可愛らしく喘ぎなさい。可愛い声を出さないと、射精させません」

「あ……っ……そんな……っ……」

雄の先端からは先走りの蜜が溢れ、流れていく。

シルクの手袋をした指が、理央の先走りで濡れていく。ルシエルはそれを嬉しそうに見ながら、執拗に先端の敏感な部分ばかりを愛撫した。

「あ……っ……」

蜜の溢れる先端の縦目に、濡れたシルクの指が這う。

縦目に沿って何度も何度もスライドされると、腰が揺れる。

理央はたまらず「もっと弄って」と声に出した。

「可愛らしく言いなさいと、そう言ったはずです」

「あ……、先っぽ……気持ちいいの……もっと……弄って……お願い……」

理央はドレスをぐいとたくし上げ、腰まで露わにした。

「そこだけでいいんですか？　他には？」

「全部……俺の……ここ……全部……弄って……嘗めて」

「いい子だ」

ルシエルの低く優しい声で耳を犯される。

「ん、んん……っ……あ、あ、あ、あっ……、やぁ……っ」

「可愛い喘ぎだ。ドレスを着ているだけで、こんなに可愛い声が出せるようになるとは」

「だって……いつもと……違うから……っ、あ、あん……っ、ルシエル……いや……っ」

ルシエルは雄ではなくその下の袋を愛撫し、優しく引っ張った。

胸の奥がきゅんと切なくなって、気持ちいいのにやめてほしくなる。

なのにルシエルは、掌に乗せて転がし、指先で柔らかく揉んでは軽く引っ張った。

「ああ……っ……、嘗め……て……それ弄りながら……俺の嘗めて……ルシエル……っ」

するとルシエルは、すぐに理央の願いを聞いてくれた。

何もかもを嘗め上げられ、しゃぶられ、理央の股間は先走りとルシエルの唾液で濡れそぼる。

「気持ち……いい……っ……ルシエル……凄くいい……」

こんな格好をしているのだ。いつものように恥ずかしがるのではなく素直に欲望を表そう。

理央はそう思い、甘い吐息を漏らした。

「ん……っ……そこ……っ……穴……中までだめ……っ……入らない」

ルシエルの舌が、蜜が溢れる小さな穴を責め始める。

痛いのか気持ちがいいのか分からないまま、舌先を入れられて小刻みに動かされると腰が浮く。

股間に電気を流されたような衝撃のあと、果てしない快感が理央の体を包み込んだ。

「ルシエル……っ……なんで……気持ちいいよ……っ……」

「ここにも感じる場所があります。今度、しっかり開発して差し上げる」

「ん。して……俺……ルシエルにしてあげたい……俺ができること……全部……っ」

「リオ」

ルシエルが理央の名を呼ぶ。

もっと深く愛してやるという合図だ。

「ああルシエル……っ」

「このまま、すぐに入れてもいいか？」

病気が治るまでの十日あまり、二人はキス以外は何もしていない。

理央は一瞬不安になったが、ルシエルの猛った雄を見た瞬間に自分のことなどどうでもよくなった。

「欲しい。ルシエルが……苦しくても……我慢するから」

「おバカさんだ、リオは。俺がお前に苦しい思いをさせるわけがない」

ルシエルはペチコートの小さなポケットから携帯用のローションを取り出して、それを理央の股間にとろりと垂らす。

「ドレスが……濡れる」

「いやらしくていいじゃないか。犯しているという気持ちになる」

ローションは流れ、理央の股間を伝って尻に行く。

ルシエルは理央の腰を持ち上げて、後孔を見えやすくした。

理央はルシエルを見上げて「早く」と唇を動かす。

「いま、くれてやる」

ルシエルは理央と向き合ったまま、彼の後孔に雄を挿入《そうにゅう》した。

最初は少々硬いが、すぐにスムーズになる。

理央の体の中はルシエルの形をしっかりと覚えていた。

「もう、こんなに飲み込んで」

「だって俺……ルシエルが……大好き……だから……早く病気を治して……弄って欲しかった。……あ、ああ……今、変だ……っ」

理央がぴくぴくと後孔を引き締め、素直に声を上げる。

気持ちがいいと。もっと欲しいと。

いつもなら口にしないようなことまで言って、ルシエルを驚かせ、そして喜ばせた。

「もっと言って。貴族なのに……どうしてそんなにいやらしい台詞が言えるんだ？　ほら、リオ……。俺に聞かせて」

「ひゃあ……っん……だから今……俺……おかしいんだって……っ……こんな格好して、綺麗に化粧してもらって……っ……いつもの俺じゃないんだ……」

「わかっている」

「気持ち悪く……ないか？　高くて、変な声が出る……っ」

「聞きたい。もっと出して。いっぱい出しなさい」

ルシエルの雄が肉壁の一番いいところを突き上げる。

理央はたまらず「やぁ……っん」と、少女のように喘いで腰を捩った。

いつもと違う格好をしているだけでこんなに感じてしまうなんて。

これにハマったら抜け出せなくなりそうで怖い。

理央は、ルシエルの器用な両手で、万歳をするようにドレスを脱がされた。

もう、コルセットとガーターベルト、シルクのストッキングしか身につけていない。

「いい、姿だ。そそられる」

「こんな……格好なのに？」

「リオがしているから余計にいい」

「ルシエルが……あ、あぁ……んんっ……そう言ってくれるなら……いい」

「今度は猫耳にしよう。毛皮のストールに猫耳。きっと可愛い」

「それは……ちょっと……恥ずかしい……っ」

「この格好の方が恥ずかしいだろ？　リオ。胸の膨《ふく》らみがないのに、押し上げるコルセットを着けて。この中途半端な胸の膨らみはなんだ？　いやらしい」

ルシエルはそう言って、理央の胸に吸い付いた。

「あああ……っ」

理央の体が激しくしなる。気持ちよくて死んでしまう。感じすぎて辛い。

「ルシエル……っ……順番に……いじってくれないと……俺……苦しい」

ルシエルは苦笑して、理央の額にキスをした。

「では、リオが妊娠するまで、何度も中に射精しよう」

「ばか……っ」

男なのに女のように扱われるのは恥ずかしい。なのに気持ちがいい。

「だめだ……こんなのにハマッちゃ……っ」

理央は首を左右に振ったが、ルシエルに激しく突き上げられて、それさえどうでもよくなった。

乱暴に揺さぶられて、いい場所を突き上げられ、よすぎて涙が出てくる。

ふいにルシエルの動きが止まり、肉壁に精を放たれる。

その心地よさで、理央も射精した。

それをどれだけ繰り返しただろう。

理央の後孔は力を入れていないとルシエルの精液が流れ出てしまうようになった。

「こんなに……いっぱい……っ……」

「凄くよかった」

「バカ……床……に……零《こぼ》れちゃうよ……っ」

理央は恥ずかしくて、耳まで赤くしてそっぽを向いた。

「可愛い、リオ」

キス。柔らかくて優しいキス。

理央はすっかりキスに夢中になり、体の力を抜いてしまった。

「あ、あ、あ……っ……だめ……だめだってば……っ」

「いけない子だ。せっかくの精液を漏らしてしまうなんて」

「見るな……っ」

後孔からとろとろと精液が溢れ、太股《ふともも》を伝って脱いだドレスに滴《したた》り落ちていく。

「ダメだよ。ちゃんと見せなさい」

「いや……っ……あ、ああ……指いや……っ」

柔らかくなった後孔に、ルシエルが指を入れて突き上げる。

すると後孔はいやらしい音を立てて愉悦《ゆえつ》を拾い出す。

「や、だ……っ……もうだめ……っ……ルシエル……っ」

「素直になったのだから、もっと感じていい。ほら、リオ……俺にすがって」

「ルシエル……っ」

ルシエルはドレス姿で、自分はコルセットにガーターベルト、シルクのストッキング。

理央は自分の性別が一瞬分からなくなった。

だが、うずく雄に助けられる。

もっと愛して欲しい。

出会いのパーティー会場の外れで、ルシエルは理央を優しく追い詰め、理央は素直に欲望に溺《おぼ》れていく。

「愛してる、愛してるよ、リオ」

「ん。俺も……っ」

抱き締め合いキスを交わして、再び一つになる。

延々と続くかと思われた行為を終わらせたのは、一本の携帯電話だった。

精液でドロドロにしてしまったドレスの代わりに、理央は町娘のミニドレスを着ている。

気を利かせたリチャードが、ルシエルの元に届けたのだ。

今夜は、メイン二組の婚約発表が行われ、招待客の中からも数組のカップルが誕生した。

ここから先のフォローは公爵夫人の得意とするところだ。

幸せな一夜だった。

雑誌記者とカメラマンたちはたくさんの土産《みやげ》を持たされて、ほくほく顔で帰って行く。

本当に出会いがあるのだと分かった参加者たちは、次回からは気合いを入れると決意した。

パーティーの顔という大役を務めた理央たちも、これでようやく肩の荷が下りた。


そして名残惜しいと思いつつ、彼らはそれぞれ故郷へ帰る。

ルシエルは、護衛も連れずにやってきたキャサリン皇太后と内緒の恋人である理央の護衛をしっかり務めて、オーデンに帰国した。

そして、皇太后を王宮に送り、自分たちもシルヴァンサー城へ戻る。

アルファード以下使用人全員の出迎えに、理央は苦笑した。

「お帰りなさいませ。はしかは大変でございましたね」

「留守を守ってくれてありがとう。アルファードさん。……病気は大変だったけど、どうにか無事生還できました」

理央の笑顔を見た使用人たちは、揃ってホッと胸を撫で下ろした。


「俺はお前に言いたいことが山ほどある」

お茶で寛ぎの時間。ルシエルはさっそくトマスを呼び寄せ、説教を始めた。

理央は苦笑しながら聞き流し、アルファードにキンバリーのことをいろいろ教えてやる。

「ほほう。彼もあちらで上手くやっているようですな」

「うん。楽しそうだ」

「それはよかった。しかしあの屋敷には、先住者が何人かいるから大変でしたでしょう」

アルファードは何を言っているのだろう。

理央はぎこちない笑みを浮かべ、ちょこんと首を傾げた。

「本当に出ますから。凄い物が。よそ者には厳しいですが、家人には寛大です。悪戯されたりしなかったのなら大丈夫でしょう」

やっぱり……いるんだ。そうか。いるよなあ。歴史のある国ってのは、そういうものだよなあ。

理央は、自分は何も見ていなくてよかったと、心から思った。

追記

不景気な昨今だが、世界は、イギリスの公爵令息カップルと、アメリカのホテル王子息カップルの合同婚約発表というおめでたい話題に夢中になった。

お陰でルシエルと理央のゲイ疑惑はあっさり消え去ったが、それでもルイスを許すわけにはいかない。

トマスは預かったビデオの内容を吟味《ぎんみ》し、所々エフェクトをかけて場所を特定できないようにして、素敵な編集ビデオを作り上げた。

それはすぐさま有名動画サイトに投稿され、ルイス・アンダーソン二十九歳は、見えない何かにビビって、気絶したまま失禁するという醜態《しゅうたい》を世界に向けて発信するハメになった。

しかも「素敵な想い出にしよう」と思っていたマイラは、実はリチャードの婚約者でしたというどんでん返しに落ち込み、人づてによると、現在はゴシップ紙ではなく、ガーデニング雑誌の編集をしているそうだ。

追記、その二

いつもの生活が始まって落ち着いた頃。

ルシエルはティータイムにふと、「ロッテンマイヤー」という名を思い出した。

ダメ元でアルファードに聞いてみる。

「ロッテンマイヤーというドイツ人を知っているか？」

「実際には知りません。しかし……たしか小説に……」

理央は内心冷や汗を垂らしながら、そ知らぬ顔でお茶を飲む。

さっさと飲んで、ルシエルから離れようと思った。

「アルファード、知っているなら教えてくれ」

「私が知っておりますのは、少女小説に登場する、少々意地が悪く厳格なガヴァネスです。タイトルは、アルプスの少女です。ヨハンナ・スピリというスイスの女性作家が書いた物です」

ルシエルの形のいい眉が、ぴくりと動く。

彼は「少々意地悪で厳格な」というところに、引っかかった。

「大公殿下」

「俺は何も知りません。あのとき、偶然出てきた言葉です。そうそう、日本ではアルプスの少女はとても有名です。だからきっと、その中の単語がぽろりと……」

「殿下は、殿下のためによかれと、心を鬼にして教育差し上げたこの私を、よりによって中年の、しかも根性の曲がった嫌みなガヴァネスとして見ていたと？　そういうことですか」

「それは捏造《ねつぞう》です。俺は何も知りません」

「殿下」

「う……。最初に会ったときはそうでしたっ！　本当に意地悪で厳しくて、ハイジは何度もお山に帰りたくなりましたとさっ！」

理央はそう言い放ち、アルファードにごちそうさまと言って、素早くサンルームを飛び出した。

「待ちなさい殿下っ！　私のどこがロッテンマイヤーですかっ！」

「昔のことだっ！　気にするなっ！」

「気になりますっ！」

ルシエルは怖い顔をして、もの凄いスピードで理央を追いかけ、そして捕まえる。

理央は低く呻いてそっぽを向いた。

「今は……本当に違うから。ハイジのおうちはここです。お山ではありません」

まじめな顔でばかばかしいことを言う理央に、ルシエルはぷっと吹き出す。

「まったくあなたという人は」

「でも最初は本当に……怖かったんだ」

「今は如何か？」

「……………好き。凄く好き」

「よくできました。アーデルハイド」

理央は目を丸くする。どうしてルシエルは、ハイジの本名を知っているのだろう。

「なんで？」

「ハイジは、アーデルハイドの愛称です。ご存じないのか？」

「はい、まったく」

「ウイリアムがビルで、マーガレットがメグということも？」

「違う名前じゃないか。ルシエルさん」

ルシエルの表情が変わった。

若く美しきロッテンマイヤーだ。

「さあ、アーデルハイド、これからは人名の法則についても学びましょう。よろしいか？」

ルシエルは偉そうに腰に手を当て、理央に微笑む。

「……ハイジはやっぱり、お山に帰る」

理央はそう言ってため息をついた。

あとがき

はじめまして&こんにちは。高月まつりです。

ありがたいことに、王子様シリーズも三冊目となりました！　わーい。

……前作が、二〇〇七年の十月です。

そして今年は二〇〇九年。

うわー……二年ぶり？　もしかして二年ぶりですか？

キャラを忘れてしまった方は、是非とも読み直してください。

「この子たちアホねー」と笑って元気になれるひとときを過ごせると思います。

そして「まあ理央ちゃん、立派になって……」と、近所に住んでいる顔見知りのお姉さんのような気持ちに浸ってください。


二冊目の「がんばる王子様♥」に初登場した、理央たちの外国のお友達（大きなお友達）が、今回も登場です。

舞台はオーデンを出てイギリスへ。いーよねー、イギリス。行くたびに、ご飯が少しずつ改善されていく国。スコーンが最高に美味しい国。ティーバッグのお茶でさえ、信じられないほ

ど旨い国。（これは多分水質と、お茶の入れ方なんだろう）

……とまあ、こんな重厚な国の公爵令息リチャードが、頑張って……ます？

アッパークラスのゴシップなら、オーデンよりイギリスの方が似合うという単純な考えで、最後までドタバタと引っ張りました。

理央ちゃんはようやく大学を卒業して公務ですよ、公務。

ルシエルは、ずいぶん「デレ度」が上がったと思います。

……はっ！　それだけではありませんでしたっ！

今回、ルシエルの変な嗜好が暴露されました。マニアというかフェチというか。

彼に日本の萌え系アニメを見せたら、きっと、誰も見たことのない素晴らしい笑顔が見られるのではないでしょうか。いや、それもちょっと怖いか。

理央ちゃん、大変です。

大変と言ったら、今回の旅行に一緒に行った「アムール星人」ことオリヴィエと、空気の読めないアメリカ人のジョーンシー。

珍しくタッグを組んで頑張りました。

ジョーンシーも、前回に比べたら、多少は空気を読むようになったと思います。

ホントは……ホントはね、前回登場したフレンズを全員出そうと思ってたのです。でもね、ほら、これ以上話がゴチャゴチャになったら、ラブがなくなっちゃう。なので厳選しました。

さて今回、「あだな」が本人にバレちゃいました。

多分、理央ちゃんは、ふつーに苛められると思います。チクチクと（笑）。

イラストを描いてくださった、こうじま奈月さん、素敵なルシエルをありがとうっ！

思わず笑いが出てくる本文イラストも素敵すぎです。本当にありがとうございました。

そして。電話のたびに、声がどんどん細くなっていった担当様。

本当に申し訳ありませんでした。何もかも、私が悪いのです。ホント。

今回は、ズレたスケジュールの修正がいかに難しいものか痛感しました。

次回こそは……っ！　ええ、次回こそは……っ！

それと、来年「オマケの王子様♥」がCDになります！　ルシエル誰になるかなー♥　今から楽しみです！　皆様にも是非聴いていただけると嬉しいです♥

最後まで読んでくださってありがとうございました。

次回作でもお会いできれば幸いです。

高月まつり

こんにちは
挿絵を担当させて頂いた
こうじま奈月です。
イギリスは一度行ってみたい国
なので今回のお話はとっても
嬉しかったです♥ 貴族とか王子様
とかって私的に萌ワードです♥
いつもの事ながら
作家さんや読んでいる
読者さんのイメージを
崩していない事を
願います！
それでは
失礼しました

Kaduki Koujima 2009

蕩ける愛を召し上がれ♥
シリーズ1冊目!
ビター・ヴァレンタイン
Bitter Valentine
タウン誌の編集・天野克彦は秘密にしているが、実は大のチョコ好き。ある日、偶然満員電車の中で、ワイルドなのにチョコレートの甘～い匂いをさせている男と同乗する。彼の正体が知りたい天野は、無理やりバレンタイン取材に参加し、チョコレートショップのオーナーショコラティエ・永田冷人だと突き止める。どうしても冷人と知り合いになりたい天野は彼を待ち伏せるが――。

ダリア文庫をお買い上げいただきましてありがとうございます。
この本を読んでのご意見・ご感想・ファンレターをお待ちしております。

〈あて先〉
〒173-0021　東京都板橋区弥生町78-3
(株)フロンティアワークス　ダリア編集部
感想係、または「高月まつり先生」「こうじま奈月先生」係

❋初出一覧❋

ウワサの王子様♥・・・・・・・・・書き下ろし

ウワサの王子様♥

2009年10月20日　第一刷発行

著者　高月まつり

発行者　藤井春彦

発行所　株式会社フロンティアワークス
〒173-0021　東京都板橋区弥生町78-3
営業　TEL 03-3972-0346　FAX 03-3972-0344
編集　TEL 03-3972-1445

印刷所　図書印刷株式会社